Tucholsky   Wagner   Zola   Scott   Schlegel
Turgenev   Wallace   Fonatne Sydow   Freud

Twain   Walther von der Vogelweide   Fouqué   Friedrich II. von Preußen
Weber   Freiligrath   Frey
Fechner   Fichte   Weiße Rose   von Fallersleben   Kant   Ernst
                                                    Hölderlin   Richthofen   Frommel
Fehrs   Engels   Fielding   Eichendorff   Tacitus   Dumas
              Faber   Flaubert   Ebner Eschenbach
Feuerbach   Maximilian I. von Habsburg   Fock   Eliasberg   Zweig
                    Ewald   Eliot   Vergil
            Goethe   Elisabeth von Österreich   London
Mendelssohn   Balzac   Shakespeare   Ganghofer
            Trackl   Lichtenberg   Rathenau   Dostojewski   Gjellerup
Mommsen   Stevenson   Tolstoi   Hambruch   Doyle
            Thoma   Lenz   Hanrieder   Droste-Hülshoff
Dach   Verne   von Arnim   Hägele   Hauff   Humboldt
        Reuter   Hagen
Karrillon   Garschin   Rousseau   Hauptmann   Gautier
            Damaschke   Defoe   Hebbel   Baudelaire
                        Descartes   Hegel   Kussmaul   Herder
Wolfram von Eschenbach   Dickens   Schopenhauer
        Darwin   Grimm Jerome   Rilke   George
Bronner   Melville   Bebel
    Campe   Horváth   Aristoteles   Proust
Bismarck   Vigny   Barlach   Voltaire   Federer   Herodot
                    Gengenbach   Heine
Storm   Casanova   Tersteegen   Gilm   Grillparzer   Georgy
            Chamberlain   Lessing   Langbein   Gryphius
Brentano   Lafontaine
Strachwitz   Claudius   Schiller   Kralik   Iffland Sokrates
        Katharina II. von Rußland   Bellamy Schilling
                                Gerstäcker   Raabe   Gibbon   Tschechow
Löns   Hesse   Hoffmann   Gogol   Wilde   Gleim   Vulpius
Luther   Heym   Hofmannsthal   Klee   Hölty   Morgenstern   Goedicke
    Roth   Kleist
Luxemburg   Heyse   Klopstock   Puschkin   Homer   Mörike
            La Roche   Horaz   Musil
    Machiavelli   Kierkegaard   Kraft   Kraus
Navarra Aurel   Musset   Moltke
                    Lamprecht   Kind   Kirchhoff   Hugo
Nestroy Marie de France   Ipsen
    Nietzsche   Nansen   Laotse   Liebknecht
            Marx   Ringelnatz
von Ossietzky   Lassalle   Gorki   Klett   Leibniz
        May   vom Stein   Lawrence   Irving
Petalozzi   Knigge
    Platon   Pückler   Michelangelo   Kafka
Sachs   Poe   Kock
                            Liebermann   Korolenko
    de Sade   Praetorius   Mistral   Zetkin

Der Verlag tradition aus Hamburg veröffentlicht in der Reihe **TREDITION CLASSICS** Werke aus mehr als zwei Jahrtausenden. Diese waren zu einem Großteil vergriffen oder nur noch antiquarisch erhältlich.

Symbolfigur für **TREDITION CLASSICS** ist Johannes Gutenberg (1400 — 1468), der Erfinder des Buchdrucks mit Metalllettern und der Druckerpresse.

Mit der Buchreihe **TREDITION CLASSICS** verfolgt tradition das Ziel, tausende Klassiker der Weltliteratur verschiedener Sprachen wieder als gedruckte Bücher aufzulegen – und das weltweit!

Die Buchreihe dient zur Bewahrung der Literatur und Förderung der Kultur. Sie trägt so dazu bei, dass viele tausend Werke nicht in Vergessenheit geraten.

Gräfin Ursula

Wilhelm Heinrich Riehl

Impressum

Autor: Wilhelm Heinrich Riehl
Umschlagkonzept: toepferschumann, Berlin

Verlag: tredition GmbH, Hamburg
ISBN: 978-3-8424-7066-8
Printed in Germany

Text der Originalausgabe

W. H. Riehl

Gräfin Ursula.

(1856)

Erstes Kapitel.

Im Schlosse zu Hadamar saß Frau Gräfin Ursula, des Grafen Johann Ludwig von Nassau-Hadamar Gemahlin, und führte die Nähnadel so emsig, daß die Kammerfrau, gleich ihr mit weiblicher Handarbeit beschäftigt, kaum in die Wette nähen konnte. Der erste Blick ließ in der Gräfin die bedeutende Frau erkennen. Mittelgroß, schwächlich von Statur, etwas vorwärts gebeugt, obgleich noch in jungen Jahren, zeigte doch ihr Kopf eine Würde und Hoheit, daß man die nach äußerlichem Maße unscheinbare Erscheinung eine wahrhaft königliche nennen mußte. Das Gesicht war bleich; man sah, häufiges Siechtum lastete auf dem jugendlichen Körper; aber die großen schwarzen Augen strahlten das Bild eines mächtigen Geistes aus, der zu herrschen wußte über die Schwäche dieses gebrechlichen Leibes. Die hochgewölbte Stirn, die kräftig hervortretende, doch nicht übergroße Nase verkündeten die männliche Seele, die in diesem unansehnlichen Weibe wohnte; die feingeschnittenen, in den sprechendsten Linien gezeichneten Lippen ließen die reiche Beredsamkeit ahnen, wie sie je nach Umständen weiblich fein und geistreich oder männlich gewaltig, diesem Munde entquoll. Und doch spielte bei allem Adel, bei aller Hoheit ein Zug des Wohlwollens um diese Lippen, der herzgewinnend jeden Unbefangenen zu der hohen Dame hinzog, als könne sie nur seine Freundin sein.

In einem höchst einfachen Gewand von schwarzem Wollenstoff erschien die Gräfin geschmackvoll zwar gekleidet, doch viel schmuckloser als die Frauen ihres Gefolges und Dienstes. Auch ihr Zimmer bekundete den gleichen Geist strenger Schlichtheit und Sparsamkeit. Wenn sie von ihrem Gemahl, der fürstlichen Glanz und Prunk liebte, zur Rede gestellt wurde wegen des Uebermaßes von Schmucklosigkeit, dann pflegte sie zu antworten, in diesen bösen Zeiten, wo der Bürger verhungere und auch die Fürsten nicht fett würden, zieme es wohl den Gewaltigen, voranzugehen in der Entsagung und sich das Beispiel jenes Alfons von Arragonien zu merken, der, bürgerlich gekleidet und wohnend, zu sagen pflegte, er wolle lieber in der wahren Würde der Gewalt und in Tugend und Sittenstrenge als der erste seines Volkes glänzen, denn durch das Blitzen des Diadems und das Schimmern des Purpurs.

Es war freilich eine böse Zeit, denn es war das Jahr 1629, in welchem Kaiser Ferdinand der deutschen Nation mit dem Restitutionsedikt jenes verhängnisvolle Maigeschenk gemacht hatte, welches den bereits elfjährigen Krieg zu einem dreißigjährigen weiter spinnen sollte.

Da mochte das einfache Gewand, das einfache Gemach der Gräfin wohl zu dem Ernste der Zeit passen. Und dennoch, obgleich das Gemach so einfach, erschien es als ein fürstliches, wie die Gräfin dem ersten Blick als eine fürstliche Dame, obgleich sie schlichter gekleidet war als ihre Kammerfrauen. Die hohen Wände des Zimmers waren schmucklos; die puritanische Strenge der eifrig reformierten Herrscherin verschmähte sinnenreizendes Bildwerk. Dafür zeichnete sich der mit schöner gotischer Steinmetzarbeit gezierte Erker durch eigentümlichen Schmuck aus. An den schmalen Wänden waren Spruchbänder in abenteuerlicher Verschlingung gemalt und auf denselben standen Bibelverse, die sich alle mahnend, ermunternd, drohend auf den fürstlichen Beruf bezogen. Die Füllungen zwischen den Gewölbrippen der zierlichen Decke prangten in tiefblauer Farbe, und Sonne, Mond und Sterne, in Gold aufgetragen, wandelten an diesem Firmamente friedlich nebeneinander. Den Schlußstein der Kuppe aber bildeten vereint das nassauische Wappen mit dem aufsteigenden Löwen und das lippesche mit seinen Schwalben, Sternen und Rosen; denn Gräfin Ursula stammte aus dem Geschlecht der Grafen von Lippe. Im Kreise aber um die Wappen stand der Wahlspruch der Gräfin geschrieben: »Im Glauben fest.« Aus den Fenstern des Erkers, unter denen die Elb, ein Nebenflüßchen der Lahn, vorüberrauschte, blickte man auf die Häuser der Stadt Hadamar. Das Schloß, schon keine Burg mehr, erhob sich inmitten der Stadt, die bürgerlichen Wohnungen überragend, und doch als wäre es aus denselben hervorgewachsen wie das neue Fürstentum aus dem neuen Volkstum.

Die Gräfin saß mit ihrer Näharbeit an einem kunstreichen Tischchen, in den Niederlanden verfertigt und charakteristisch für die Zeit und für den, der es benutzte. Auf der einen Seite war es ein Nähtisch, auf der anderen ein kleines Klavier von drei Oktaven, entsprechend den bescheidenen Ansprüchen jener Tage. Auf dem Brettchen über der Klaviatur, wo wir jetzt die Firma des Fabrikanten zu suchen gewohnt sind, war der Bibelvers eingelegt: »Lobe den

Herrn mit Saitenspiel und Harfen.« Und dieser Mahnung entsprechend lag ein Notenbuch mit Psalmen und geistlichen Liedern aufgeschlagen auf dem Pult. Auf der anderen Seite zeigte das Nähtischchen jene unübersehbare Fülle von kleinen Gefächern, Schublädchen, geheimen Kästchen und ähnlichen Dingen, wie sie unsere Vorfahren liebten. Selbst die mit elfenbeinernem Schnitzwerk zierlich eingelegte Elle, die zur Seite am Tische hing, war nicht ohne ihr biblisches Motto. Warnend stand auf derselben der Spruch des Jesus Sirach eingegraben: »Wie ein Nagel in der Mauer zwischen zweien Steinen stecket, also stecket auch Sünde zwischen Käufer und Verkäufer.« Aber nur ein Halbschied des Nähtisches war für Garn, Seide, Nadeln und Scheren bestimmt, die andere Hälfte diente zur Aufstellung einer kleinen Apotheke. Schon der eingelegte Bibelspruch am Rande zeigte diese Bestimmung an: »Der Herr lasset die Arznei aus der Erde wachsen, und ein Vernünftiger verachtet sie nicht.« Die gebildeteren Frauen hatten in jenen Tagen den ärztlichen Beruf, der ihnen als ein Erbteil aus uralter Zeit zugefallen war, noch keineswegs aufgegeben, und an jedem Morgen fanden sich Kranke von nah und fern in den Vorsälen des hadamarischen Schlosses ein, um von der Gräfin Rat und Hilfe zu erbitten.

Freilich in den letzten Jahren waren es nicht bloß Kranke gewesen; Scharen von Notleidenden aller Art drangen in das Schloß, um hier, als bei den Leuten, die an Macht und Rang zunächst nach unserem Herrgott kamen, Rettung zu suchen. In den schlimmsten Tagen war das Schloß förmlich belagert werden von Schwärmen halbverhungerter Menschen, die mit dem herzzerreißenden Rufe »Brot! Brot!« stundenlang unter den Fenstern auf und nieder wogten. Denn wo niemand mehr helfen konnte, da mußte doch der Graf noch Hilfe haben. So meinte das Volk, welches noch den vollen Glauben an die unantastbare höchste Macht und Weisheit des patriarchalischen Fürsten in sich trug. Und der Graf und die Gräfin thaten das Menschenmögliche, diesen Glauben nicht zu Schanden zu machen. Oft schon hatte man den letzten Brotlaib, der im Schlosse war, den Unglücklichen hinausgegeben. An festen Tagen ward Speise unter alle bedürftigeren Einwohner der Stadt verteilt. Täglich wurden die reichlichen Ueberreste der herrschaftlichen Tafel aufs Land hinaus zu Kranken und Schwachen geschickt. Ja, die Gräfin ging selber hin, wo die Not groß war, und oft sah man sie, den Korb mit Speisen und Arzneien selbst im Arm tragend, zu den Häusern der Kranken und Armen eilen.

Es war noch keine eigentliche Kriegsverwüstung über das hadamarische Land gekommen. Aber die steten Truppendurchmärsche, Einquartierungen, Requisitionen und Kontributionen, die sich seit zehn Jahren ununterbrochen gefolgt, drückten härter als der unmittelbare Krieg. Dazu kamen Mißjahre und ihr natürliches Gefolge, Seuchen. Auch heuer war alles übel geraten. Das Korn stand meist so licht, daß man zwischen den Halmen spazieren gehen konnte. Das Obst war nicht gezeitigt. Hanf und Flachs waren so klein geblieben, daß die Fasern, wie der Bauer pfiffig zu sagen pflegt, nur für Kinderhemden langten, nicht für ein großes Mannshemd. Mastvieh war in der Gegend so rar, wie heutzutage ein Hirsch oder Reh, und ward, wo sich ein Stück blicken ließ, von den Soldaten nicht minder eifrig gejagt.

Unter diesen schwierigen Umständen entfaltete Graf Johann Ludwig eine ebenso bewunderungswürdige Thätigkeit als kluger Fürst, wie seine Frau als Mutter der Armen und Kranken. Schlauen Geistes, gewandt in den Formen, glatt, beredt, mit Glanz und Geld imponierend, wo es nötig war, rastlos geschäftig, wußte er mit allen kriegführenden Parteien sein Abkommen zu treffen und, wenn es auch nicht immer gelang, doch in gar vielen Fällen die schwerste Last der Durchmärsche, Einlagerungen und Gelderpressungen von seinem Ländchen abzuwälzen. Sah es trotzdem so schlimm in der beneideten hadamarischen Grafschaft aus, um wieviel schlimmer noch mußte es in den angrenzenden Gebieten stehen! Johann Ludwig erntete für seine Klugheit und seinen Eifer, der ihn oft monatelang nicht aus dem Sattel kommen ließ, das volle Maß der Volksbeliebtheit. Man sagte damals nicht mit Unrecht, der hadamarische Graf könne seine Grafschaft an einem Haar weiter ziehen, als andere Fürsten ihr Land an Ketten. Er sollte bald Anlaß haben zu erproben, wie weit er sein Land nach sich ziehen könne.

Wir kehren zurück in das Gemach der Gräfin Ursula.

Sie hatte auf eine Weile die Arbeit aus der Hand gelegt und den Deckel über das kunstreiche Nähtischchen geworfen. Ein banges Träumen und Sinnen überkam sie. Doch jetzt nicht zum erstenmal, es war ihr schon öfters so ergangen in den letzten Tagen. Ihr Gemahl war nach Wien gereist, um dort die Ungnade des Kaisers von sich und den Grafen von Nassau-Diez und Nassau-Dillenburg abzuwenden; denn man hatte ihnen vor dem Reichshofrat allen Ernstes den Prozeß zu machen begonnen, weil sie dem Kurfürsten von der Pfalz zehn Lehenreiter ins Feld gestellt. Außerdem wollte Johann Ludwig Erleichterung für sein in der letzten Zeit von den Kaiserlichen wieder schwer geplagtes Land unmittelbar am Throne des Kaisers erwirken.

Nun war seit vielen Wochen kein Brief des Grafen nach Hadamar gekommen, noch sonst eine Kunde von ihm. Dagegen hatten vor vierzehn Tagen die kaiserlichen Offiziere die strengste Ordre erhalten, das Land thunlichst zu räumen, alle Naturalrequisitionen zu bezahlen und überhaupt die Grafschaft Hadamar in jedem Betracht zu schonen als Freundesland. Also war der Aufenthalt des Grafen in Wien vom glänzendsten Erfolg begleitet, und dennoch ließ er nicht eine Silbe von sich hören.

Das mochte die Gräfin wohl nachdenklich machen. Unheimlich fast berührte sie's, daß sie eben jetzt ihren Blick gar nicht abwenden konnte von dem Deckel des Nähtisches, in dessen Mittelschild ihr Wahlspruch geschrieben stand: »Im Glauben fest.« Immer aufs neue mußte sie heute diese Worte lesen und ihnen nachgrübeln, sie wußte selbst nicht warum.

Da wurde sie aus ihrem Sinnen durch die Meldung geweckt, daß Pfarrer Niesener aus dem benachbarten Rennerod in wichtigen Dingen um Gehör bitte.

Die Gräfin kannte den Pfarrer wohl, denn namentlich an den kleineren protestantischen Höfen bildeten damals die Geistlichen ein Hauptelement der Geselligkeit, und sowohl in den engeren Zirkeln wie bei den großen Gelagen durften sie vor anderen sich erlauben, ein kühnes, freimütiges Wort in die Unterhaltung zu werfen.

Der Pfarrer trat ein, artig und unterthänig in seinen Manieren und dennoch fest und zuversichtlich, wie einer, der des Umganges mit den Großen dieser Welt gewohnt ist.

Die Gräfin begrüßte ihn herzlich und hieß ihn niedersitzen. »Ihr wollt von wichtigen Dingen reden? Fast habt Ihr mich erschreckt mit diesem Wort.«

»Von den wichtigsten Dingen, meine gnädigste Gräfin, die sich seit Jahr und Tag, seit mir's gedenkt, ereignet haben.«

»Ihr habt Kunde vom Grafen! Schlimme Kunde! O, sprecht sie aus, ohne Umschweife, ohne Einleitung. Der Herr hat mich stark gemacht in meiner Schwachheit.«

»Ich habe Kunde vom Grafen. Er befindet sich gesund und wohl in Wien. Aber so kann ich meinen Bericht nicht anfangen. Erlaubt, gnädige Gräfin, daß ich weit aushole, um der Sache willen, wie um Euretwillen, daß ich, wie ein geschwätziges altes Bauernweib, von dem scheinbar Fernsten und Gleichgültigsten ausgehe. Wenn ich's nicht in der Ordnung erzählen kann, dann bringe ich gar nichts heraus, was ich Euch sagen muß.«

Die Gräfin lächelte und winkte zustimmend. »Ich bin schon in Geduld gefaßt. Redet, wie Ihr's Euch ausgedacht, wie es Euch ums Herz ist. Ich will schweigen und folgen wie ein Lamm.« Als sie, innerlich erbebend, daß sie kaum die Fassung behalten konnte, diese Worte gesprochen, blickte sie wieder auf den Tisch und auf den Spruch: »Im Glauben fest.« Aber jetzt war es ihr mit einemmal nicht mehr unheimlich, über denselben zu grübeln; die Worte leuchteten ihr vielmehr entgegen wie ein helles Licht des Trostes und gaben ihr Kraft und Mut zurück, den Pfarrer ruhig anzuhören.

Derselbe begann: »Ein Vetter des Pfarrers Textor in Mengerskirchen ist, wie Euer gräfliche Gnaden wohl wissen, mit dem gnädigsten Herrn Grafen als Sekretär nach Wien gegangen. Er ist ein feiner Kopf, ein ausgelernter Jurist, dazu ein wahrhaftiger Mann, auf dessen Wort man Häuser bauen darf. Dieser hat einen Brief, so dick wie ein kleines Buch, nach Mengerskirchen geschrieben voll unerhörter und doch gewiß glaubwürdiger Nachricht über das, was sich im letzten Monat in Wien zugetragen. Der Brief jagte dem Pfarrer Textor einen solchen Schrecken ein, daß er ihn gar nicht für sich allein zu behalten wagte; er berief darum die Geistlichen der ganzen Umgegend zusammen, um ihnen das Schreiben mitzuteilen und zu fragen, wie man dessen Inhalt vor Euer gräflichen Gnaden bringen solle. Aber ich muß noch etwas weiter ausholen.«

»Ihr seid grausam gründlich, Niesener! Doch ich habe Geduld gelobt,« sagte die Gräfin, kaum ihrer Sinne mächtig.

»Ja, harret aus in der Geduld, Ihr werdet sie brauchen und wir werden sie brauchen!« rief der Prediger, von seinem Sitze sich erhebend im hohen priesterlichen Ton. »Selig, wer beharret bis ans Ende! Dort steht der Spruch geschrieben, der jetzt der rechte Wahlspruch ist: Im Glauben fest. – Doch ich will ruhig erzählen; höret mich ruhig an.

»Schon in Koblenz hat sich der gnädige Herr Graf gerne mit den Jesuiten herumgestritten; er ist ein beredter Herr; er disputiert gerne, denn er disputiert keck, den Gegner blendend, siegreich, ehe man die Hand umdreht. Da imponierte ihm die verschmitzte Dialektik der Jesuiten gewaltig, ihre feinen Ausfälle und Finten im Redegefecht, ihre schillernden Scheingründe, ihre bestrickenden Trugschlüsse. Er disputierte mit ihnen, aber er bewunderte und beneidete sie wie ein guter Fechter den besseren. Auf der Reise nach Wien stieß der Herr Graf in Mainz auf den Jesuiten Ziegler, den Beichtvater des Kurfürsten. Da gab es sogleich wieder ein theologisches Turnier und gewaltiges Lanzenbrechen. Der Jesuit spürte schon, daß der streitlustige hohe Herr nicht so ganz fest im zwinglischen Sattel saß, und schrieb flugs an seinen hochberühmten Kollegen in Wien, den Pater Lämmermann, des Kaisers Beichtvater, und empfahl den ritterlichen Herrn den Schlingen seiner Dialektik aufs dringendste. So schob ein Jesuit meinen gnädigsten Grafen dem anderen zu, und Euer Gemahl kam aus bloßer Streitlust dahin, daß er sich zuletzt diesem und jenem katholischen Lehrsatz anbequemte und glaubte doch ein guter reformierter Christ zu bleiben. Es ist schon lange allerlei Gerede darüber umgelaufen, daß selbst Graf Moritz, Euer Herr Schwager, ausrief: ›Man spricht gar wunderlich von meinem Bruder; der Teufel mag die Accommodisten holen.‹ Das ist soldatisch roh gesprochen, aber im Grunde hat er doch recht. Nehmt mir's nicht übel, gnädigste Gräfin; ich rede hier rückhaltslos, ohne Menschenfurcht, nur meinem Gott verantwortlich, wie es der Herr fordert von einem Prediger seines Evangeliums.«

»Ich sage Euch ja, ich bin geduldig wie ein Lamm,« erwiderte die Gräfin mit erstickter Stimme. »Aber weiter, weiter! Ich weiß ja schon alles, was jetzt kommen wird. Ihr gewinnt einen Gotteslohn, wenn Ihr mich nur um ein kleines rascher foltert.«

Der Pfarrer fuhr fort: »In Wien richtete der Herr Graf anfangs nichts aus beim Kaiser mit seinen Mahnungen, Wünschen und Bitten. Er dachte schon an die Heimreise. Da schlug eines Tages der rauhe Nord kaiserlicher Ungnade so plötzlich in den Zephyr der zärtlichsten Gunst um, daß es kein Mensch sich enträtseln konnte. Es hatte aber inzwischen ohne Zweifel Pater Lämmermann die Briefe des Pater Ziegler empfangen und dem Kaiser gemeldet, daß hier eine Seele und obendrein die Seele eines vielberühmten Reichsstandes wieder einzufangen sei in das papistische Netz. Wo aber Ferdinandus dergleichen wittert, da hat er nicht Ruh' noch Rast; er ist ein Seelenfischer, so eifrig daß man ihn einen wahren Petrus des Teufels nennen könnte, besonders wenn es große Herren zu fangen gilt, die Geld im Säckel haben und Kriegsvolk in ihren Festen. Der gnädigste Herr Graf ward eingeladen zur feierlichen Grundsteinlegung eines Mönchsklosters auf dem Kalenberg, die der Kaiser selbst vornahm, und nach der Feierlichkeit speiste er ganz allein mit der Majestät und dem Pater Lämmermann. Es mögen dem Herrn Grafen glänzende Bilder vorgehalten worden sein, als er so mit dem Kaiser allein war, glänzende Bilder der staatsmännischen Laufbahn, auf welche sein Ehrgeiz steht. Der Sonnenschein ist ohnedies jetzt auf des Kaisers Seite. Da ist Ehre zu gewinnen, Reichtum, Land, und Volk; und wir Protestanten sind ja dermalen arme, geschlagene Leute. Und mit dem Pater Lämmermann muß bei jener Tafel auch wieder weidlich turniert worden sein in geistlichen Streitfragen, und der mit allen Hunden gehetzte Pater scheint meinen gnädigsten Herrn zuletzt ganz sattel- und bügellos gemacht und ihm das Schwert an den Hals gesetzt zu haben, daß er sich für völlig überwunden erklärte. Sieben Stunden sollen sie disputiert haben in einem Atem. Der Herr Graf ging gar nicht zurück in die Stadt; er quartierte sich vielmehr sogleich ins Profeßhaus der Jesuiten. Dort sind sie, als in des Teufels Hofburg, längst auf hohe Gäste eingerichtet. Sie haben ein eigenes Fürstenzimmer, in welches sich unser gnädigster Herr Graf sieben Tage lang einsperrte. Sieben Tage lang disputierte er ohne Unterlaß mit den Jesuiten, solange nur Kopf und Atem aushielt. Er würde nicht zum Essen gekommen sein, denn auch über Tisch wollte er mit dem ihn bedienenden Bruder disputieren, wenn man ihm nicht die Bedienung ganz entzogen und die Speisen samt und sonders auf die Tafel gestellt hätte, ihn dann ganz sich selbst überlassend, damit er nur auf drei Minuten sich verschnaufe. Obgleich ihn nun die Jesuiten schon fast ganz bekehrt oder richtiger verkehrt hatten, konnte der Graf sich doch der tiefsten Scham nicht erwehren bei dem Gedanken, wie er nun seinen Brüdern und Verwandten gegenübertreten würde als Ueberläufer zu einer so verhaßten Religion. Darum hat er auch den Mut noch nicht gefunden, an Euch zu schreiben. Da sperrte er sich noch ein paar Tage ein im Fürstenzimmer, mit diesen Gedanken sich quälend. Die Jesuiten boten alle Kunst auf, ihm dagegen den Ruhm und die Ehren auszumalen, welche seiner als eines Katholiken von seiten des Kaisers warteten:

>>Des Voglers Pfeif' gar süße sang,
Als er thäte den Vogelsang.<<

Da soll eines Tages ein Wunder geschehen sein, fast ein Seitenstück zu der Bekehrung des Saulus, indem den gnädigen Herrn Grafen, während eben eine Messe für ihn gelesen wurde, plötzlich ein Schauder überlief, daß seine Gebeine wankten und zitterten und ein Lichtstrom sein Inneres durchfloß, daß ihm alle Zweifel schwanden und er den in der katholischen Kirche allein gegenwärtigen Gott gleichsam mit Händen zu greifen glaubte. Er sprang auf, lief zu dem auf dem hohen Chore messelesenden Priester und rief: ›Mein Vater, ich bin katholisch; in diesem Glauben will ich leben und sterben!‹ Die Jesuiten wußten den Augenblick beim Schopf zu fassen; der Pater Lämmermann nahm dem Neubekehrten die Beichte ab, und am Tage Mariä Geburt – –«

»O halte ein! Helft meiner gnädigen Frau! Sie sitzt starr und tot in ihrem Stuhle!« rief die Kammerfrau und sprang an die Apotheke des kunstreichen Tisches.

Der Pfarrer faßte die Gräfin bei der Hand; er schüttelte sie, er rief sie an. Sie blieb starr, bleich, regungslos.

Aber die starken Essenzen führten allmählich das Leben zurück.

Nur eine kleine Weile schaute die Gräfin unstet umher, als wolle sie sich zurechtfinden über das Vorgefallene. Dann erhob sie sich langsam, in voller Ruhe und Majestät, heftete ihr großes, durchdringendes Auge fest auf den Pfarrer und sprach: »Der Geist und der geistigste Sinn des Ohres kann noch lebendig sein, wenn auch der ganze Mensch bereits in Erstarrung versunken erscheint. Ich habe alles klar vernommen. Vollendet ohne Scheu, ohne Schonung: ›Und am Tage Mariä Geburt – –‹«

»Und am Tage Mariä Geburt,« fuhr der Pfarrer fort, langsam die Worte wägend und mit erhobener Stimme, als müsse der letzte Tropfen des Kelches, der bitterste, am langsamsten getrunken werden, »schwur Graf Johann Ludwig von Nassau-Hadamar den Glauben seiner Väter ab und trat über in die Kirche des Papstes. Ich bin zu Ende, so stehet alles in dem Briefe geschrieben.«

Die Gräfin saß schweigend in ihrem Sessel. »Ich bin ein Weib,« rief sie, »und habe doch keine Thränen. Das Unglück, welches Gott über mein Haus und mein Land verhängt, ist zu groß, als daß man darüber weinen könnte.«

Da Niesener solches hörte, faßte er sich ein Herz und sprach weihevoll wie ein echter Priester des Herrn: »So weiß ich auch, daß du treu bleiben wirst der reinen Lehre, daß du nicht dulden wirst, daß ein Mensch sich zwischen dir und deinen Gott stelle und sei es auch dein eigener Eheherr. Auf dir steht unsere Hoffnung; Glück und Unglück des ganzen hadamarischen Landes ist doch zuletzt in deine Hand gelegt. Sei eingedenk des Wortes: Wo du dich zu mir hältst, will ich mich zu dir halten, spricht der Herr!«

Die Gräfin deutete auf ihren Wahlspruch und sprach fest: »Dies ist mein Bekenntnis. Mit Gottes Hilfe werde ich ausharren. Wo es aber sein müßte, da wollte ich mich lieber von meinem Eheherrn scheiden, das Land quittieren und als eine Bettlerin wieder heimziehen in die väterliche Burg, denn daß ich abtrünnig würde vom Glauben meines Hauses.«

Drauf sagte Niesener treuherzig: »So habe ich denn nur noch eine Bitte, die mich selbst betrifft. Seht, gnädigste Gräfin, als wir Geistlichen versammelt waren, und alle einmütig der Ansicht, daß Euch vor allen der Inhalt des traurigen Briefes mitgeteilt werden müsse, da wollte sich unter den vielen beredten Männern dennoch keiner finden, der diese Botschaft übernommen hätte. Jeder fürchtete die natürliche Ungnade, die den Boten einer solchen Hiobspost treffen müsse, und jeder schützte seine Unbehilflichkeit vor, auf dem Boden fürstlicher Zimmer im rechten Schritt zu gehen. So blieb die Sache zuletzt an mir hängen, wie das mit mißlichen Dingen gewöhnlich zu geschehen pflegt. Darum wollte ich nun Euer hochgräfliche Gnaden bitten, mir nicht gram und ungnädig zu werden, weil ich ein so schlimmer und rauher Bote gewesen bin. Es ist doch alles nur meiner gnädigen Gräfin zulieb geschehen und unserem Glauben und unserem Land zum Frommen. Ich selber habe ja nur Herzklopfen und Todesangst von der Sache gehabt und eine schlaflose Nacht.«

Die Gräfin faßte lächelnd seine Hand. »Seid im Gegenteil versichert, solange ich lebe, will ich Euch vor anderen in Gnaden gewogen bleiben. Ihr waret ein rauher Bote, aber ein wahrhaftiger, getreuer, und habt mich getröstet und gestärkt mit wenigen Worten, wie nie ein anderer Prediger mit den längsten Reden. Das soll Euch unvergessen sein. Und wenn, wider Vermuten, die reformierten Pfarrer sollten des Dienstes entsetzt und außer Landes gejagt werden, dann will ich im Gedächtnis dieser Stunde alles dafür einsetzen, daß Ihr in den lippeschen Landschaften eine neue Kirche und einen neuen Herd findet.«

Mit diesen Worten entließ sie den Geistlichen.

Zweites Kapitel.

Graf Johann Ludwig hatte durch seinen Uebertritt in Wien alles erkauft, was er begehrte, und noch viel mehr dazu wurde ihm unerbeten in den Schoß geworfen. Er war der gefeierte Mann, der einflußreichste, der Freund des Kaisers, dem keine Bitte fehlschlug, von allen Großen aufgesucht und mit Schmeicheleien überschüttet, von dem mächtigen Klerus bewundert, vom Legaten des Papstes wie ein Heiliger gepriesen: da waren mit einemmal all seine Träume von Macht, Glanz und Ruhm wirklich geworden, er spielte die ersehnte große Rolle in der großen Welt, und das stille Schloß zu Hadamar mit der bleichen, ernsten, frommen Frau ward ganz vergessen über diesen Herrlichkeiten; und wollte ja die Erinnerung an die Heimat gewaltsam aufsteigen, ein mahnender Geist aus frisch geschlossener Gruft, dann wurde sie ebenso gewaltsam zurückgedrängt im Taumel des bewegten Wiener Lebens. So ging es fort durch mehr als vier Monate bis tief in den Dezember hinein. Der Graf, sonst der liebevollste Gatte, schrieb in dieser ganzen Zeit keine Zeile an seine Gemahlin, halb aus Scham, halb aus Furcht, die Worte seines Weibes möchten ihn an sich selber wieder irre machen. Erst als er gegen Weihnachten die Abreise nicht länger verschieben konnte, meldete er der Gräfin in wenigen Zeilen, daß er zur katholischen Religion übergetreten sei; er wolle sie nicht zwingen, ihm zu folgen; der reformierte Privatgottesdienst in der kleinen Schloßkapelle durch ihren Hofprediger solle ihr unverwehrt bleiben, ja sie könne selbst die Töchter protestantisch erziehen; die Prinzen dagegen müßten gleich dem Vater und dem ganzen Land zurückkehren zur alleinseligmachenden Kirche. Zugleich ging ein Rundschreiben an alle gräflichen Diener nach Hadamar ab, worin ihnen befohlen war, sich bereit zu halten zum Eintritt in den neuen Glauben ihres Fürsten und Herrn oder der Verweisung vom Dienst und aus dem Lande gewärtig zu sein.

Der Brief an die Gräfin war in seiner schneidenden Kälte und Kürze noch unendlich verletzender gewesen als das fünfmonatliche Schweigen. Lange ging die entschlossene Frau mit sich selbst zu Rate, ob es nun nicht an der Zeit sei, den bis dahin so glücklichen, jetzt so peinlichen Ehebund aufzulösen. Aber der Blick auf ihre Kinder, der Blick auf ihr Land, welchem sie in den letzten schweren

Monaten im vollen Sinne des Wortes Fürstin gewesen, bewog sie, auszuharren. Sie ward jetzt erst inne, wie fremd ihr die Kinderheimat an der Lippe geworden war, wie heimatlich dagegen dieses Land, dem die Jahre ihres Wirkens und Strebens und ihres Leidens angehörten. Sie hatte ein Buch, darein sie an jedem Abend ihr Haupttagewerk verzeichnete, mit Beifügung eines Verses oder Spruches, meist aus der Bibel oder einem Kirchenlied, der als Motto gleichsam den besonderen Charakter des Tages aussprechen sollte. Heute, wo die Gräfin nichts gethan, als mit sich gekämpft, schrieb sie auch nichts in das Buch als zwei Verse und zwar eines heidnischen Poeten, Verse, die Ovid aus der Verbannung geschrieben:

>»Nescio qua natale solum dulcedine cunctos
>Ducit et immemores non sinit esse sui.«

und verfaßte dann selber neben den lateinischen Text folgende der Verskunst jener Zeit entsprechende Uebersetzung:

>»Ich weiß nicht mit was Süßigkeit
>   Des Vaterlands Anmütigkeit
>Den Menschen zeucht, also daß er
>   Solch's in Vergeß stell nimmermehr.«

Der Graf eilte nicht allzusehr auf seiner Rückreise. Wer mit bösem Gewissen heimfährt, dem ist der krummste Weg der nächste und der langsamste Fuhrmann der beste. In München gab es für Johann Ludwig willkommenen Aufenthalt, in Nürnberg nicht minder; allein so langsam er auch reiste, endlich kam er doch in Hadamar an.

Das Wiedersehen der Ehegatten war minder hart, als beide es erwartet hatten. Die Gräfin konnte sich der Thränen nicht erwehren, aber sie schwieg. Der Graf war liebevoll wie in den alten glücklichen Tagen; beredt und überzeugend stellte er seinen Glaubenswechsel als einen Akt der reinen politischen Notwendigkeit dar, zur Selbsterhaltung, zur Rettung der übrigen Grafen der nassauottonischen Linie, zur Erlösung seines Volkes von aller Bedrückung. Er war, wenn man ihn hörte, das Opferlamm geworden für alle nassauischen Lande und sein Uebertritt der höchste Akt patriotischer Selbstentsagung und Selbstverleugnung. Als der gewandte

Herr wieder hier und da die Macht seiner Persönlichkeit entfaltete, drang diese Ansicht auch immer mehr im Volke durch, die alte Popularität des Grafen lebte wieder auf und in wenigen Wochen konnte die vorher aufgeregte Grafschaft wieder für völlig beruhigt gelten. In der That, es bewährte sich das Wort: Wo andere Herren ihr Land an Ketten weiterziehen mußten, da zog Graf Johann Ludwig das seinige an einem Haare nach sich.

Mit äußerster Klugheit und Vorsicht ward die Bekehrung der Grafschaft eingeleitet. Der Graf hatte nur zwei Jesuiten mitgebracht, die Patres Prack und Ringel. Allein beide reichten vorerst vollkommen aus. Sie gingen ganz sachte voran, wußten hier und dort einen einflußreichen Mann herumzukriegen, predigten dann im volkstümlichsten Ton, mit allem Salz örtlicher und persönlicher Beziehungen die Rede würzend. Bald satirisch, bald humoristisch, niedrig komisch, bald pathetisch und im großen Stil gehalten, erschienen die Predigten dem Volke unendlich kurzweiliger als die gleichförmig ernsten, feierlichen, überall mit Bibelsprüchen durchspickten Kanzelreden der reformierten Pfarrer. Da gab es dann immer ungeheueren Zulauf, wo ein Jesuit auftrat. Aber Schwärme von Zuhörern, die aus bloßer Neugierde gekommen waren, drängten sich am Schluß der Predigt zum Beichtstuhl, so daß binnen wenigen Monaten die zwei Jesuiten allein die halbe Grafschaft wieder katholisch machten. Als nun gar zwischen Hadamar und Elz plötzlich eine Mineralquelle sprudelte, die angeblich durch das Gebet der Jesuiten aus dem Boden gelockt war, und Hunderte von Kranken aller Art, die von dieser Quelle tranken, ihren Rosenkranz beteten, sangen und tagelang auf den Knieen lagen, geheilt zurückkehrten: da fehlte es auch nicht länger an einem Mirakel, und die Bevölkerung ging scharenweise zu den Jesuiten über.

Der Graf selber hatte in öffentlicher Versammlung der Bürger von Hadamar erklärt, daß das Land wieder katholisch werden müsse. Er ließ überall im Lande durch die Schultheißen auf öffentlichem Markte ausrufen, daß der reformierte Glaube abgeschafft und der katholische wieder eingesetzt sei. Vorerst seien die Unterthanen gehalten, den gregorianischen Kalender zu führen, die katholischen Fest und Fasttage zu respektieren, und wenn es zum Vaterunser läute, nicht bloß das Vaterunser, sondern auch den englischen Gruß zu beten.

Das riefen die Schultheißen aus wie eine Polizeiverordnung, und weiteres begehrte man noch nicht. Von der Lehre und den Sakramenten, vom Papst, vom Kultus war nicht die Rede. Man wollte sich, nach dem Plane der Jesuiten, ganz allmählich einschleichen mit dem römischen Glauben, und so gelang es auch ganz vortrefflich.

Inzwischen ward den protestantischen Predigern der Dienst gekündigt. Wo sie nicht wollten katholisch werden und eine politische Bestallung annehmen, sollten sie in kürzestem Termin ihre Pfarrhäuser verlassen. Die meisten gingen alsbald außer Landes. Einige wurden noch eine Weile geduldet, darunter auch Johann Jakob Niesener in Rennerod.

Am schwersten klagten die Jesuiten über die Gräfin, als die wahre Patronin der protestantischen Ketzerei im Lande, die das Bekehrungswerk unendlich erschwere. Allein der Graf duldete einmal und nicht wieder, daß die Patres hierüber ein Wort sprachen. Die Gräfin war immer eifriger geworden in der Ergründung ihres religiösen Bekenntnisses und in der Erfüllung ihrer sittlichen und kirchlichen Pflichten, je mehr der Katholizismus im Lande um sich griff. Die Jesuiten selber mußten ihr nachsagen, daß sie wie eine Heilige lebe. Täglich waren einige Stunden dem Gebet gewidmet und dem Bibellesen, an welchem alle Hofdamen teilnehmen mußten. Die ganze Sittenstrenge, Entsagung und Enthaltsamkeit, wie sie die reformierte Kirchenzucht in ihrer äußersten Härte gebietet, waltete von nun an am Hofe der Gräfin Ursula. Sie zog allmählich das ganze Hofgesinde, auch das katholische, in diese Strenge der christlichen Ehrbarkeit. Sieghaft bewährte es sich hier, daß die unerbittliche Moral und die strenge kirchliche Zucht zwar die rauheste, aber auch die stärkste Seite des reformierten Bekenntnisses sei. Jede Woche genoß die Gräfin das heilige Abendmahl; der Tag, wo dies geschah, war der eifrigsten Gewissensprüfung gewidmet. Kein Sonn- und Festtag durfte durch irgend ein weltliches Geschäft entweiht werden.

Bei dieser äußersten Strenge in der Durchführung der eigenen religiösen Ueberzeugungen war jedoch die Gräfin keineswegs schroff gegen Andersgläubige, am wenigsten gegen ihren Gemahl. Hier zeigte sich ihre edle vermittelnde Weiblichkeit, die Freiheit und

Hoheit ihres Geistes in wunderbarem Licht. Der Graf merkte kaum etwas von der fast übertriebenen Strenge ihres religiösen Wandels. An Tagen, wo er fasten mußte, fastete sie mit, ja sie genoß dann nicht einmal auf ihrem Gemache eine Fleischspeise, um den katholischen Dienern keinen Anstoß zu geben. War der Graf verreist, so beobachtete sie dieselbe Rücksicht gegen die im Katholizismus erzogenen Söhne. Nie versuchte sie ihre religiöse Ueberzeugung dem Manne aufzudrängen, denn sie wußte, daß er, wenn auch aus ganz anderen Gründen als sie, nunmehr ebenso festgewurzelt in seiner Ueberzeugung stand. Aber nie duldete sie auch den leisesten Angriff auf ihr Bekenntnis. So gelang ihr das unendlich schwere Werk, einträchtig mit ihrem Ehegatten zu leben. Ja sie gewann ihn dergestalt durch ihre Milde und Sittenreinheit, daß er zum großen Entsetzen des Pater Prack diesem einmal ins Gesicht behauptete, seine Frau werde selig werden, ohne der alleinseligmachenden Kirche anzugehören; denn eine solche Ketzerin wiege vor dem allwissenden Gott wohl manches Dutzend guter Katholiken auf.

Es war überhaupt eine seltsame Mischung katholischen und protestantischen Wesens an dem gräflichen Hofe. Dies zeigte sich namentlich bei der Tafel, die früher für gewöhnlich fast nur ein Familientisch gewesen, seit des Grafen Rückkehr von Wien aber sich bedeutend erweitert und eine gewisse politische Bedeutung gewonnen hatte. Zwar war die Familie, bis zu den vier- und sechsjährigen Söhnen und Töchtern abwärts, nicht verdrängt: dem hatte sich die Gräfin entschieden widersetzt. Allein die Tafel war jetzt eine öffentliche und die Tischreden, die man dort pflog, oft entscheidender für das Regiment als die längsten Verhandlungen im gräflichen Kabinett.

Der Graf lud nämlich alle seine höheren Diener, ja auch die vornehmsten Bürger der Stadt, die Reihe um an seinen Tisch, um sich dieser Leute zu versichern, um sie herüberzuziehen zu den Jesuiten, um ihnen den Feuereifer für die Katholisierung des Landes, der ihn selbst beseelte, gleichfalls einzuhauchen. Selbst die hervorragenderen protestantischen Geistlichen wurden zu der Zeit, wo sie bereits ihrer Stellen entsetzt waren, immer noch zur gräflichen Tafel gebeten, weil man es doch noch nicht ganz aufgab, die Seele des einen oder anderen zu gewinnen, oder auch, weil der Graf die Pfarrer zur Würze seiner Tischunterhaltung, nämlich zum Disputieren, nicht entbehren konnte. Denn die regelmäßigen Stammgäste des herrschaftlichen Tisches waren andererseits die beiden Jesuiten Prack und Ringel, und da machte es nun dem Grafen eine kindische Freude, die Jesuiten und die reformierten Pfarrer hintereinander zu hetzen. Allein die letzteren waren meist so klug, einen Kampf nicht anzunehmen, bei dem sie mit gefesselten Armen fechten mußten. Ließ sich ja einer fortreißen, dann hatte er jedesmal verlorenes Spiel, da wohl der Gegner, nicht aber er selbst, das letzte entscheidende Wort aussprechen durfte, und die unbehilflichen Landpfarrer auch ohnedies rasch gefangen waren von den in allen dialektischen Künsten gewiegten Jesuiten. Die Freude aber, die der Graf über einen solchen Kampf und über den Sieg seiner Patres hatte, schrieb er allezeit auch dem armen geschlagenen Pfarrer zu gut und wandte den hitzigen, unklugen, streitfertigen Geistlichen, die ihm den Hofnarren ersparten, seine volle Gunst zu, während er die vorsichtigen und schweigsamen nicht ausstehen konnte.

Zu den letzteren gehörte der Pfarrer Niesener von Rennerod, der heute mit dem gräflichen Rat Sprenger und den beiden Jesuiten zu der ausnahmsweise kleinen herrschaftlichen Tafel geladen war. Der Graf hätte ums Leben gern gehabt, daß Niesener, den man den gescheitesten und bibelfestesten Pfarrer im ganzen Lande nannte, einmal angebunden hätte mit den Jesuiten. Gleich nach dem Tischgebet mußte Pater Prack den Satz zur Verhandlung bringen: Wer Herr über das Land ist, der ist auch Herr über den Glauben des Landes – cujus regio ejus et religio. Es war dies ja der Satz, kraft dessen Johann Ludwig eben mit List und Gewalt das Land katholisch zu machen sich berechtigt glaubte, weil er selber katholisch geworden war, ein Satz, den bis dahin im alten Glauben an die von Gott gesetzte Macht der Fürsten nur wenige anzutasten sich erkühnt hatten, während gegenwärtig der Wendepunkt eingetreten war, wo man da und dort Zweifel zu erheben und über den berühmten Satz heftig zu streiten begann.

Prack hielt Niesener geradezu dieses politische Dogma vor und fragte den Pfarrer, wie er es denn mit seiner Unterthanenpflicht vereinbaren könne, reformiert zu bleiben, da doch sein Fürst und Herr zur katholischen Kirche zurückgekehrt sei? Auch auf den Rat Sprenger, von dem man nicht recht wußte, war er noch reformiert oder war er bereits katholisch, ward dabei ein verdächtiger Seitenblick geworfen.

Niesener erwiderte trocken: »Im Evangelium stehet nirgends geschrieben: cujus regio ejus et religio. Wenn die Obrigkeit von uns fordert, daß wir thun sollen wider Gott und unserer Seelen Seligkeit, daß wir das reine Wort nicht hören und bekennen sollen, daß wir das Sakrament nicht nehmen sollen nach Christi Befehl, dann mögen wir kurzweg antworten: Man soll Gott mehr gehorchen als den Menschen. Warum sonst hätten sich die Märtyrer totschlagen lassen? Die Gewaltigen, die Sankt Paulum enthaupteten und Sankt Petrum kreuzigten, hatten auch wohl ungefähr so einen Satz im Sinn wie cujus regio ejus et religio. Hätten darum Paulus und Petrus der Obrigkeit folgen und heidnisch werden sollen?«

»So bestreitet Ihr also die Rechtsgültigkeit des Satzes cujus regio ejus et religio?« rief der Jesuit, rot vor Eifer, denn er glaubte schon, der Pfarrer habe jetzt endlich einmal angebissen.

»Ich habe gesprochen, um mir nur ein klein wenig Luft zu machen, daß ich meine Suppe zu Ende essen und verdauen kann,« sagte Niesener gelassen. »Jetzt werde ich schweigen.«

Der Graf warf Niesener einen zornigen Blick zu und rief: »Seht da, Niesener, Ihr habt, als Ihr Euch Luft machtet, das Salzfaß mit dem Aermel umgeworfen. Das ist ein schlechtes Zeichen: es bedeutet Streit, Streit des Gastes mit dem Wirt.«

»Das wolle Gott verhüten, daß ich mit meinem gnädigen Herrn jemals in Streit geraten könne,« sagte der Pfarrer bescheiden, und die Unterhaltung verstummte.

Der Graf wandte sich leise zu dem Pater Ringel und flüsterte mit zornig zusammengezogenen Brauen: »Es ist eine Feindschaft der Natur, des Instinktes zwischen mir und diesem Niesener wie zwischen Kröte und Spinne. Er hat mir nicht mehr zuleid gethan als die anderen. Aber ich mag das Gesicht dieses Menschen nicht sehen! Wir müssen ihn heute noch auf den Sand setzen.«

Als der mächtige Rindsbraten kam, trank der Graf seinen Gästen die Gesundheit zu. Dem Grafen kam die Lust, Niesener wieder anzuzapfen. »Ich sehe, lieber Pfarrer, auf eine Gesundheit anzustoßen, läuft nicht wider Euern Glauben. Da Ihr nun bloß thut und glaubt, was in der Bibel steht, so möchte ich Euch doch bitten, mir zu sagen, wo es in der Bibel erlaubt wird, eine Gesundheit auszubringen oder darauf anzustoßen?« Der Graf glaubte aber, vom Gesundheittrinken stehe gar nichts in der Bibel.

Allein da war er bei Niesener übel angekommen. Derselbe erhob sich und lächelte gar vergnügt in sich hinein und sprach: »Im Propheten Jeremias lesen wir, daß die Juden beim Leichenschmaus sich gegenseitig einen Becher Weins zugetrunken und dabei untereinander getröstet haben. Und zwar haben sie nach der ältesten Ausleger Meinung sich Gesundheit und ein langes Leben gewünscht. Nehemias war Schenke des Artaxerxes, und so oft er dem König den Becher kredenzt, sprach er: ›Gott gebe dir, König, ein langes Leben!‹ Heißt das nicht auch Gesundheit zutrinken? Gott der Herr selber trinket gleichsam allen Frommen die Gesundheit eines geheiligten Lebens zu, wenn er, wie der 75. Psalm sagt, einen Becher in der Hand hat, mit starkem Wein voll eingeschenkt, davon er auch den Frommen zu trinken gibt, während die Gottlosen die Hefen aussaufen müssen. In diesem Sinne will auch David im 116. Psalm den heilsamen Kelch nehmen, aus welchem er sich selber eine geistliche Gesundheit zutrinkt. Und ist nicht, wenn wir das Unheilige mit dem Heiligsten vergleichen dürfen, der Kelch von Christi Nachtmahl selbst ein Gesundbecher gewesen, den er der ganzen sündigen Menschheit zugebracht, daß sie genese?«

»Unser Pfarrer weiß die Schriftstellen wohl zu wenden, bis sie sagen, was er wünscht,« rief der Graf lächelnd gegen die Jesuiten. »Doch das muß man gestehen, in seiner Bibel ist er zu Hause.«

Dann wandte er sich an den Rat Sprenger, einen gewandten, im Dienste grau gewordenen Hagestolzen, der spöttisch alle Dinge kritisierte und aus dessen Charakter niemand klug werden konnte, einen echten Diplomaten, in politischen und Rechtsgeschäften vielerprobt, den unentbehrlichen Diener seines nach staatsmännischen Ehren geizenden Herrn. »Ihr seid so still, lieber Rat, Ihr denkt wohl, wo die Theologen reden, da müssen die Laien schweigen.«

Der Rat antwortete in seinem satirischen Tone. »Freilich schweigen die Laien, wo die Geistlichen reden. Ich will Euch einen Vers darauf sagen:

Presbyteri »*labiis orant*,« Laicique »*laborant*;«
Plebs, dum pro populo Presbyter »*orat*,« »*arat*.«[1]

»Ei, lieber Rat, man hat mir immer Eure Kunst gerühmt, lateinische Verse aus dem Stegreif zu machen,« rief der Graf, »aber daß Ihr sie im Augenblick so spitzig und witzig und doch so elegant herausbrächtet, das hätte ich nicht gedacht.«

»Diese Verse, gnädigster Herr Graf, sind auch nicht beim köstlichen Wein improvisiert worden. Es ist vielleicht gerade umgekehrt der Hunger gewesen, der sie so spitzig und witzig gemacht hat. Sie gehören nicht mir, sie sind bloß ein Citat. Ein englischer Schulmeister, der vor ein paar Jahren in Armut und Elend gestorben ist, John Owen, hat sie gemacht, ein Mann so voll Geist und Witz in seinen Epigrammen, daß sie jetzt, nachdem der Dichter jämmerlich verkommen, in allen Ländern gedruckt werden. Hätte der Mann bei Lebzeiten nur die Hälfte von dem gehabt, was jetzt die Buchbinder an seinen Büchern verdienen, er wäre gewiß nicht Hungers gestorben. Aber ob seine Epigramme so ergötzlich beißend geworden wären, wenn seine Zähne mehr zu beißen gehabt, das ist eine andere Frage.«

Der Graf hörte den Schluß von des Rates Bemerkungen nicht mehr. Es war ihm ein Brief übergeben worden, der seine ganze Aufmerksamkeit gefangen nahm, und, wie es schien, nicht in erfreulichster Weise, denn seine Stirne ward gewaltig finster über dem Lesen. Er stampfte mit dem Fuß und warf das Schreiben zornig auf den Tisch, als er zu Ende gekommen. Sein erster Blick begegnete dem Pfarrer Niesener; es war ein Blick wütender Erbitterung und tödlicher Feindschaft.

In abgebrochenen Sätzen, in einem Tone des atemlosen Zornes, welchen man sonst an dem durch seine Selbstbeherrschung glänzenden Manne nie gehört hatte, rief der Graf: »Es muß ein Exempel statuiert werden an dem Verräter im eigenen Lande! – Ich bin umgeben von falschen, meineidigen Gesellen. – Der Kopf muß dem

---

[1] Dieses Distichon ist geradezu unübersetzbar, da seine Spitzen in Wortspielen bestehen, die im Deutschen nicht wiederzugeben sind. Dem Sinn nach besagt es, daß die Laien mit den Händen schaffen, während die Pfaffen ihre Lippen bloß betend exerzieren.

Schurken herunter, der diesen Verrat geübt. Ich kenne ihn! Mit meiner Gnade habe ich ihn sicher gemacht! In mein Haus habe ich ihn gezogen, arglos kein Geheimnis vor ihm zugedeckt, und das hat der Judas genützt, um dem Feinde landesverräterischerweise mitzuteilen, was er nur durch mein Vertrauen auskundschaften konnte. – Pfarrer Niesener! Ihr seid mein Gast nicht mehr; Ihr seid arretiert. Schweigt! Antwortet, wenn ich Euch frage! Es geht Euch an den Hals, Niesener! Regt Euch nicht von der Stelle, bis man Euch in den Turm führt!«

Eine peinliche Pause folgte. Die Tischgenossen saßen wie versteinert, selbst die beiden Jesuiten sahen sich erstaunt und fragend an.

Die Gräfin gewann zuerst die Besinnung und das Wort wieder. Sie wandte sich an den Grafen. »Du redest schrecklich, die Gedanken zerstückend wie ein Fieberkranker. Sammle dich. Was ist vorgefallen? Erzähle uns den Hergang, wofern er kein Geheimnis ist, und indem du ruhig erzählst, wirst du auch noch einmal ruhiger den Zusammenhang prüfen.«

Der Graf schaute auf, als sei er bisher mit seinen Gedanken ganz wo anders gewesen und erkenne jetzt erst, in welcher Gesellschaft er sich befinde. Völlig gesammelt, mit der Ruhe und Glätte, die ihm sonst stets gleich blieb, doch immer noch mit schwerem Ernste, sprach er: »Du weißt, Ursula, seit Wochen setzen die holländischen Streifcorps, die der Baron von Gent von Soest aus über den Westerwald herüberschickt, unser plattes Land in Schrecken. Wo sie einen katholischen Priester, ja nur einen Mesner, Küster oder Schulmeister wittern, da machen sie Jagd auf denselben, gieriger als der heftigste Jäger auf einen Zwanzigender. Am liebsten möchten sie mir hier meine beiden Patres wegfangen, aber es glückt ihnen nicht, weil ich den frommen Männern allemal zwölf Reiter Bedeckung aufs Land mitgebe. Hölle und Teufel! Ist das eine Zeit! Nicht mehr Herr zu sein im eigenen Hause! Drüben im Braunfelsischen haben' s die Ketzer nicht besser gemacht mit der Pfaffenhetze. Sprenger, habt Ihr nichts Neues von drüben gehört?«

»Mit Verlaub, gräfliche Gnaden, im Braunfelsischen sind es nicht die Holländer gewesen, sondern eigentlich der kaiserliche Kommandant von Braunfels, der mit der Jagd auf die Pfaffen angefangen hat. Um den Grafen von Diez zu vexieren, ließ er den reformierten Pfarrer von Dauborn am Ostermontag aus dem Bette holen und nach Braunfels führen und forderte neunhundert Reichsthaler Lösegeld. Da waren die Holländer auch nicht faul, den ihrem Feldmarschall, dem Grafen von Diez, zugefügten Schimpf zu rächen, brachen ins Kloster Altenburg, nahmen den Prior weg und forderten gleichfalls neunhundert Reichsthaler. Was war zu machen? Man verglich sich, und es gab eine kuriose Abrechnung. Jede Partei zahlte der anderen neunhundert Reichsthaler und gab der anderen ihren Pfaffen zurück. Da hatten also beide schließlich wieder ganz das Gleiche, was sie vorher gehabt. Das war viel Müh' um nichts. Allein der kaiserliche Kommandant hatte nun einmal den Holländern gelehrt, wie bequem und einträglich es sei, Pfaffen zu fangen und dann Lösegeld zu fordern, und jetzt legen sich diese Krämersoldaten auf den Pfaffenfang wie ihre Brüder daheim auf den Heringsfang, und sind vor lauter Jagdlust zu gar keinem ordentlichen Kriegsdienst mehr zu bringen, und was das Schlimmste ist, ganze Scharen von gaunerischem Gesindel laufen als Wilderer neben jenen Jägern her und ziehen mit Hörnerklang durch den ganzen Westerwald und den Lahngrund, um Jesuiten zu jagen.«

»Genug!« rief der Graf, etwas aufgebracht über die allzu humoristische Ausführung des Rates. »Schon haben wir die Schmach auf uns nehmen müssen, die katholischen Weltpriester, die ich zur Vollendung des Werkes dieser frommen Patres unlängst ins Land gerufen, aus den Pfarrhäusern zu quartieren und in Bauernhäuser zu verstecken, damit sie nicht geradezu aufgehoben würden. In Bauerntracht vermummt gehen sie von einem Dorf zum anderen, um ihres Amtes zu walten. Wo sie öffentlich Kirche halten, muß eine starke Mannschaft vor der Kirchenthüre aufgestellt werden. Nun wird mir eben geschrieben, daß trotz aller Vorsicht den Holländern die Verstecke der Priester in den Bauernhäusern dennoch sind verraten und die Priester selbst in ihrer Bauerntracht kenntlich bezeichnet worden, und zwar im ganzen oberen hadamarischen Land – in der ganzen Gegend von Rennerod, Pfarrer Niesener! – Daraufhin sind die Räuber gestern nacht ins Land eingebrochen und haben mir alle meine kaum erst aus Wien verschriebenen Priester aufgehoben und nach Soest abgeführt und fordern ungeheures Lösegeld für die vielen Pfaffen. Sprenger! ist denn an Euch noch gar keine Nachricht eingegangen über den verteufelten Streich?«

Der Rat schien sehr zerstreut. »Eine Nachricht? Nein, gnädigster Herr. Ueber das, was Ihr vom Jesuiten Holthausen erzähltet, habe ich wohl ein Gerücht vernommen –«

»Was ist das?« rief der Graf. »Ich weiß nichts von dem Jesuiten Holthausen.«

Der Rat erschrak, doch faßte er sich rasch. »Nun, den Jesuiten haben sie auch weggefangen und ihm einen Soldatenrock angethan und weite holländische Hosen und ihm ein Gewehr auf die Schulter gelegt – ach, der dicke Mann soll zum Erbarmen ausgesehen haben in der Maskerade, denn an dem Rock waren alle Nähte geplatzt, weil, glaub' ich, in der ganzen holländischen Armee kein Rock zu finden ist, der ihm paßt. Und als der arme Jesuit gar im Geschwindschritt in der Reihe marschieren mußte, da soll er nach zehn Minuten schier umgesunken sein – kurzum, sie haben ihn unter die Soldaten gesteckt.«

»Wie? und das meldet Ihr mir jetzt erst?« rief der Graf zornig.

»Verzeihen, gräfliche Gnaden, ich erfuhr es unmittelbar vor Tafel und, wie gesagt, nur vom Hörensagen, nur als ein Gerücht, und da hielt ich's für unerlaubt, Euch das Essen zu verderben mit dem Klatsch, und wollte mit der Meldung warten, bis abgespeist wäre.«

»Also Ihr glaubt, zur Beorderung der Verdauung eigne sich eine schlechte Nachricht besser als zur Anregung des Appetits? Doch bei Gott, jetzt ist nicht Zeit zu scherzen! Der Verräter muß bestraft werden. Nur ein Mann, der in allen Stücken volles Vertrauen genossen, kann den Holländern die Priester und ihr Versteck bezeichnet haben; denn nur ganz wenige der sichersten Leute wußten um das Geheimnis. Es kann aber auch nur ein Mann gewesen sein, der in der Gegend von Rennerod, in allen Dörfern und Häusern der Nachbarschaft so bekannt ist wie in seinem eigenen Hause. Pfarrer Niesener, seht Euch für, es geht Euch an den Hals, wenn die Sache auf Euch herauskommt. Augenblicklich muß der Verräter entlarvt, augenblicklich muß er gestraft werden. Da ist nicht Zeit, umständlich den Prozeß zu machen; es gilt ein Exempel zu statuieren. Niesener, Ihr werdet vor ein Kriegsgericht gestellt – noch heute nachmittag – und wenn Ihr heute abend dem Henker nicht verfallen seid, wenn Ihr wirklich wider Vermuten freigesprochen würdet, dann packt Ihr Euch dennoch morgen aus den hadamarischen Landen, denn nun will ich keinen reformierten Pfaffen mehr sehen, ich will keine Leute mehr hegen, die, wie Ihr vorhin vor meinen Ohren gethan, mir das Recht bestreiten, mein Land wieder katholisch zu machen, die sich täglich durch ihr Gewissen können verpflichtet fühlen, an mir zum Verräter zu werden, und, wenn sie mir ungehorsam sind, am Ende noch glauben, sie hätten gethan, wie Sankt Peter und Paul, die heiligen Apostel und Märtyrer, gegen das heidnische Regiment in Rom.«

Niesener erwiderte kein Wort. Sein Auge hing an dem Gesichte der Gräfin, als ob er von ihr allein noch Rettung erwarte.

In der That nahm nun, da alle verstummten, die Gräfin das Wort. »Du sprichst jetzt recht wie ein Gewaltiger dieser Welt, lieber Mann. Aber vergiß nicht des Wortes, daß einst die Gewaltigen auch gewaltig sollen gerichtet werden von dem Herrn. Es sind heute schon so manche Neuigkeiten hier erzählt werden: erlaube mir, daß ich auch eine höchst merkwürdige Kunde mitteile, die mir in der Frühe von einem Manne von der Weil berichtet ward; und jetzt erscheint es mir als eine rechte Fügung Gottes, daß ich die Erzählung dieses Bauern gerade am heutigen Tage vernommen und in dieser Stunde dir wieder erzählen kann. Es lebte vor ungefähr zehn Jahren ein Edelmann, Henn von Wehrdorf, zu Essershausen an der Weil, ein einsamer Mann ohne Verwandte, ohne Freunde. Der war eines Tages spurlos verschwunden. Niemand wußte, wo er hingekommen. Da wurde vor etwa zwei Monaten dem Gerichte heimlich die Anzeige gemacht, ein gewisser Johannes Schütze aus Kröfftelbach, ein übel berufener Mann, habe jenen Henn von Wehrdorf im Walde nahe bei Essershausen umgebracht. Schütze wird eingezogen. Er leugnet. Aber die Folter preßte ihm doch zuletzt das Geständnis aus. Nun führt man ihn in den Wald, damit er zeige, wohin er den Gemordeten verscharrt. Er kann den Platz nicht finden; aber aus Furcht vor Wiederholung der peinlichen Frage behauptet er, weil es schon so lange her, könne er sich des Platzes nicht mehr entsinnen. Er wird zum Tode verurteilt. Der Gerichtsherr unterschreibt ohne Besinnen das Urteil. Man war seiner Sache so gewiß, daß man keinen Tag Aufschub gab. Alles ward übereilt. Es sollte wohl auch ein Exempel statuiert werden. Vor acht Tagen war es, da stand Hans Schütze auf dem Blutgerüst und der Henker hinter ihm. Da sagte der arme Sünder mit fester Stimme zu allem Volk ringsum: ›Ich muß jetzt sterben, weil ich den Henn von Wehrdorf soll ermordet haben; aber ich will es auf meinen Teil Himmelreichs nehmen, daß ich denselben mein Lebtage nicht gekannt, ja wenn ich ihn Zeit meines Lebens einmal gesehen habe, will ich nimmermehr selig werden.‹ Und als er schon vor dem Block kniete, rief er noch einmal, er hoffe, seine Unschuld solle an den Tag kommen, und der Edelmann werde, so Gott wolle, lebend wiederkehren, noch ehe die Raben seinen Leichnam würden gefressen haben. Drauf legte man ihm den Kopf vor die Füße. Vorgestern ist Henn von Wehrdorf wiedergekommen; er war vor zehn Jahren in den Krieg gegangen, hatte dort sein Glück probiert, wie tausend andere, und hatte es auch gewonnen, wie wenige von den Tausenden. Denn er kehrte als ein reicher, mit Ehren bedeckter Offizier heim. Sieh, der Gerichtsherr und sein Richter haben auch gewaltig und rasch gerichtet, als die Gewaltigen dieser Welt. Aber bedenke, wie es ihnen jetzt zu Mute sein mag! Und doch haben sie nach allen Formen Rechtens verfahren, und Schütze war ein übel berufener Mann. Allein sie wollten ein Exempel statuieren. Sie haben es statuiert, doch nicht an dem armen Sünder, sondern an sich selbst.«

Der Graf biß sich in die Lippen und schwieg.

»Man führe den Pfarrer Niesener in den Turm!« rief er dann – und die Tafel, wie noch keine im Schlosse gehalten worden, war aufgehoben.

Drittes Kapitel.

Des anderen Morgens in aller Frühe, als noch kaum die erste Dämmerung schwach zu schimmern begann, öffnete der Graf leise die Thüre des Kabinettes der Gräfin. Er wußte, sie stand lange vor der Sonne auf, und so fand er sie denn auch, völlig angekleidet, vor ihrem Betpult knieen. Er blieb schweigend im Hintergrunde stehen, bis sie ihr Gebet beendet hatte.

Als sie sich erhoben, und die Gatten sich den Morgengruß geboten, war die Verwunderung, den Grafen so frühe auf den Beinen zu sehen, auf der Gräfin Seite; denn ihr war gar wohl bekannt, wie sehr er es liebte, des Abends den Tag in die Nacht und des Morgens die Nacht in den Tag zu tragen.

»Ich will von nun an,« sagte er scherzend, »dem Beispiele jenes Königs folgen, dessen Namen du, als die Gelehrtere, besser weißt als ich, jenes Königs, der so pünktlich die Morgenstunden ausnutzte, daß er zu sagen pflegte: Wehe dem Lande, dessen Fürst lange schläft. Doch nein, ich störe dich nicht so frühe, um zu scherzen. Siehe, ich habe die ganze Nacht gar nicht geschlafen, weil mir deine Geschichte von dem Johannes Schütz nicht aus dem Kopf gehen wollte.«

»Und was hat das Kriegsgericht gestern über den Pfarrer entschieden?« unterbrach ihn die Gräfin.

»Es ist kein Kriegsgericht abgehalten worden. Niesener sitzt im Turm. Ich will mir reifer erwägen, wie die Sache anzufassen ist. Gestern ließen mich deine Worte kalt, aber heute nacht hat mir der Gedanke an die voreiligen Richter keine Ruhe gegeben, daß ich bald bei dem Pfarrer, bald bei dem schuldlos Geköpften war. Wie ist doch der Mensch ein anderer am Tage und in der Nacht, wahrlich, nicht minder als blendendes Sonnenlicht vom tiefsten Dunkel ist derselbe Mann unterschieden nach dem Stand der Gestirne.«

»Es ist nicht der Stand der Gestirne, der dich zum Nachdenken gebracht!« rief die Gräfin begeistert. »Gott ist es, der in der Finsternis dein Herz erleuchtet hat. O merke auf dieses Licht!«

Der Graf wurde weich, wie er es leicht werden konnte. »Ich habe niemand an diesem Hofe, der mir die Wahrheit sagt außer dir. So sprich auch jetzt aus, was du denkst. Was würdest du thun an meiner Stelle? Wie wolltest du den Verräter entdecken? Wie ihn bestrafen? Rasch entdecken, rasch bestrafen! Denn wo hier die rächende Gerechtigkeit nicht einschlägt wie ein Blitz, ist alle spätere Strafe ein eitles Spiel.«

»Gibt es keine weiteren Verdachtsgründe gegen Niesener, als die du gestern ausgesprochen?« fragte die Gräfin.

»Keine!«

»So laß ihn frei auf sein Ehrenwort, nach Rennerod zurückzukehren, dort stille zu sitzen und den Ort auf keine Meile Wegs zu verlassen, bis man ihn ruft, sich dem Gericht zu stellen.«

»Das geht nicht an!« rief der Graf fast erzürnt über den Vorschlag. »Und unterdessen sollen wir langsam der Sache nachspüren lassen, während der Fuchs entschlüpfen wird! Niesener wird seine Spießgesellen inzwischen warnen, sie werden sich verabreden, komplottieren –«

»Niesener hat keine Spießgesellen,« fiel die Gräfin ein, »er komplottiert auch nicht. Auf sein Wort wird er sich ruhig halten und mit keinem Menschen von der Sache reden. Dafür bürge ich.«

»Ei, du scheinst ja diesen Pfarrer sehr genau zu kennen, daß du in einer solchen Kapitalsache so frischweg für ihn Bürge stehst. Hättest du mir die fatale Geschichte von Johannes Schütze nicht erzählt, ich wüßte, was ich thäte! Niesener freilassen auf Ehrenwort! Nein, das geht nicht an.« Damit wollte er das Gemach verlassen.

»Warum wundert man sich, daß die Mächtigsten am schwersten in den Himmel kommen,« rief die Gräfin aus, »da sie so schwer auf die Stimme eines ehrlichen, ungefärbten Mahners hören?«

Der Graf schaute sein Weib fast verwundert an; dann entfernte er sich schweigend.

Doch indem er ging, war schon bei ihm beschlossen, den Pfarrer auf Ehrenwort nach Rennerod zu schicken; denn für die nächste Nacht wenigstens wollte er einen gesunden Schlaf haben. Aber wie es bei unselbständigen Menschen gewöhnlich ist, obgleich er that, wie seine Frau ihm anempfohlen, würde er doch ums Leben nicht ihr dies augenblicklich zugestanden haben. Er wollte sich den Schein geben, als handle er niemals nach fremden Ratschlägen, sondern nur nach eigenem Ermessen. So hatte ihn gestern bei Tafel die Erzählung seiner Frau augenblicklich gepackt, obgleich er es heute leugnete, und die Bemerkung über den Tag- und Nachtmenschen war nur eine glatt gedrehte Phrase, ein Epigramm, womit er die Bewegung seines Herzens maskieren wollte.

Niesener verpfändete sein Wort und ging nach Hause. Die furchtbare Bitterkeit, die ihn durchdrang über die unwürdige Behandlung, machte ihn so verschlossen, daß er nirgends ein Wort zu seiner Verteidigung sprach. Ja nur mit Mühe und stoßweise brachte er es über sich, den Hergang seiner Frau zu erzählen. Sie war ein schlichtes, festes Weib, ohne hervorragende Eigenschaften, auf dem Lande großgewachsen, etwas ungefügig, aber mit praktischem Blicke und rühriger Thatkraft gerüstet. Sie nahm die schlimme Kunde nicht ohne Zittern, doch mit Fassung hin, richtete die Haushaltung, die ohnedies in letzter Zeit schon höchst knapp gehalten war, noch knapper ein, so daß sie noch etwa ein Vierteljahr zusehen konnten. Denn von Einkünften war natürlich längst nicht mehr die Rede, und hätten nicht alte Freunde und gute Nachbarn heimlich bald einen Korb voll Eier, bald Gemüse, ein Säckchen Getreide, einen Schinken und ähnliche Dinge in die Küche der Pfarrerin gestellt, so würde sie auch jetzt schon schwerlich ausgekommen sein.

Der Pfarrer hielt sein Wort aufs strengste. Er blieb auf seinem Pathmos, wie er's nannte, und machte sich aus übertriebener Gewissenhaftigkeit sein Haus zu einem Gefängnisse. Er wagte nicht eine halbe Stunde Wegs weit in der Gemarkung des Orts umherzuspazieren. Keine Silbe ging von seinen Lippen über die schwebende Untersuchung. Den letzten kleinen Rest häuslicher Seelsorge bei einigen heimlichen Reformierten, die er vordem noch geübt, gab er ganz auf. Den ganzen Tag saß er über der Bibel und den theologischen Lehr- und Streitschriften, die seine kleine Bibliothek bildeten.

Das ging so mehrere Wochen.

Da kam eines Tags der gräfliche Rat Sprenger im Sturm angeritten an das ärmliche Bauernhaus, wo Niesener jetzt wohnte. Eilfer-

tig, daß Mann und Frau erschraken, trat er in die Stube, kaum grü-
ßend.

»Ich wollte Euch im Vorübergehen nur eine Warnung und einen guten Rat ins Haus werfen. Niesener, macht Euch aus dem Staube! Verlaßt diesen Ort heute noch, säumt keine Stunde, oder es wird Euch übel ergehen.«

»Ich habe dem Grafen das Wort gegeben, hier zu bleiben; ich werde mich dem Gericht stellen.«

»Ach, Ihr mißversteht mich, Pfarrer. Um den Grafen und die Untersuchung handelt es sich jetzt gar nicht. Ich darf nicht alles aussprechen, was ich weiß. Aber nur das eine sage ich Euch als Euer wahrer Freund, verlaßt Rennerod zur Stunde und geht an einen sicheren Ort, geht meinetwegen nach Hadamar und stellt Euch unter den Schutz der Herrschaften selber; dann habt Ihr ja Euer Wort dem Sinn und Wesen nach gehalten.«

»Und dennoch würde ich es brechen,« rief der unbeugsame Pfarrer, »denn ich habe geschworen, in Rennerod zu bleiben.«

Die Pfarrerin drang unter Thränen in den Rat, daß er die drohende Gefahr nur um etwas näher bezeichnen möge.

»Habt Ihr nicht gehört, Niesener, wie ich neulich an dem unseligen Tag von der Pfaffenhetze im Braunfelsischen erzählte? Der kaiserliche Kommandant stiehlt den Reformierten ihren Pfarrer aus dem Bett, dafür stehlen ihm die Holländer seinen Prior aus der Klosterzelle – oder vielleicht auch aus dem Klosterkeller, vom Weihrauchfaß oder vom Weinfaß hinweg – gleichviel. Meint Ihr denn, die benachbarten katholischen Herren, die der holländische Oberst in Soest auch bereits mit dem Jesuitenfang zu molestieren beginnt, könnten nicht gleichfalls auf den Gedanken kommen, so ein Dutzend reformierte Pfarrer aus der Nachbarschaft als Repressalie wegzufangen? Und da wäret Ihr der erste, Niesener. Besonders den Kurkölnern sitzet Ihr gar bequem hier in Rennerod; die brauchen nur die Hand auszustrecken, so haben sie Euch. Und da ich mein Geheimnis nun doch so weit ausgeplaudert, so mag es auch ganz heraus; denn wahrlich, die Gelassenheit, womit Ihr das alles anhöret – ein anderer wäre schon davongelaufen, ehe ich nur ausgesprochen – könnte einen Heiligen zum Fluchen bringen. Ihr stehet auf der Liste, Niesener, obenan auf der Liste der Kölnischen, und wenn Ihr Euch nicht gleich aus dem Staube macht, dann sitzt Ihr in ein paar Tagen in Köln im Turm, und man wird das doppelte Lösegeld für Euch fordern wie für den Pfarrer von Dauborn. Frau Pfarrerin, redet Eurem Manne zu! Es geht Euch hier freilich noch so leidlich wohl« – der Rat schaute bei diesen Worten mit einem etwas verdächtigen Blick in der kahlen Stube umher – »und wenn Ihr so ins Weite hinauszögert, möchte es Euch mit den Kindern wohl anfangs etwas schlechter gehen. Aber besser Kraut und Rüben in Ruh', als einen gemästeten Ochsen in Unruh'.«

»Ach, lieber Herr Rat,« entgegnet die Pfarrerin, »von gemästeten Ochsen haben wir seit Jahr und Tag nichts mehr geschmeckt und essen selbst Kraut und Rüben in Unruh'. Aber wenn mein Mann sich einmal einen Gedanken fest in den Kopf gesetzt hat, den könnt Ihr ihm nicht herausbringen, und den bringe ich ihm auch nicht heraus. Doch seht, er will reden.«

»Ich sitze hier, weil ich meinem Herrn das Wort darauf gegeben,« sprach der Pfarrer ruhig und fest. »Halte ich mein Wort, dann ist auch der Graf durch seine Ehre verbunden, mich zu schützen. Denn nur weil ich ihm und meinem Worte getreu, bestehe ich die Gefahr. Meldet dem Grafen, was Ihr uns eben erzählt, und er wird sich in seinem Gewissen verpflichtet fühlen, mich nach Hadamar unter seinen persönlichen Schutz zu rufen, oder mir eine Bedeckung herauszusenden, wie er sie ja auch seinen Jesuiten mitgibt. Sollten mich aber die Kölnischen inzwischen hinwegführen, dann wird der Graf mich, seinen Gefangenen, alsbald zurückfordern, und die eigenen Bundesgenossen werden ihm dies wahrlich nicht abschlagen und kein Lösegeld begehren.«

»O, Pfarrer, wie seid Ihr ein großer Moralist und ein kleiner Politiker!« rief der Rat. »Habt Ihr denn ganz vergessen, wie oft Ihr den Grafen erzürntet? Kleine Wunden und große Herren muß man nicht gering achten. Wenn Ihr zum Teufel fahrt, gleichviel wie, – so oder so – dem Grafen wird's eben recht sein. Doch gesetzt, er sei in dem Punkte Eures Ehrenwortes ein Moralist wie Ihr – es ist möglich; wer kann den wetterwendischen Herrn durchschauen? – meint Ihr dann, daß er die Macht hätte, Euch zu helfen? Die Kölner und Trierer und die Herren in Wien zweifeln fortwährend an seinem rechten katholischen Eifer. Wenn er nun gar einem ketzerischen Pfarrer seine Reiter zur Bedeckung stellte, das wäre ärger, als wenn er sich von Euch eine Predigt in der Schloßkirche halten ließe statt zum Pater Prack zur Messe zu gehen. Haben Euch aber die Kölnischen vollends in den Klauen, dann kann der Graf Euch nicht wieder herausreißen. Das hieße abermals Oel in das Feuer des Mißtrauens gießen. Ihr meint wohl, als Günstling des Kaisers sei er mächtig auch neben dem Kurfürsten! O, wie irret Ihr Euch. Lauter wohlriechender Dunst ist die kaiserliche Gunst für den Neubekehrten. Freilich, der Graf thut gegenüber den anderen nassauischen Grafen, als ob er gewaltig an Macht gewonnen habe. Ach ja, er ist ein gar kluger Herr. Aber Ihr wißt, wer in den Zähnen stochert, hat darum nicht immer Fleisch gegessen. Ich sage Euch, nicht die Macht hat der Graf, Euch den kurkölnischen Dragonern zu entreißen, außer er löste Euch auf den Heller aus, und zwar aus seinem eigenen Geldbeutel, und das gäbe erst den größten Skandal bei der ganzen katholischen Klerisei. Jetzt habe ich gesprochen. Bedenkt es wohl und rasch. Ich muß fort. Heute noch sehe ich Euch in Hadamar, oder Ihr sitzt übermorgen im Baienturm zu Köln.«

Es geschah, was vorauszusehen war. Der Pfarrer blieb in Rennerod und bestellte sein Haus im Laufe des Tages. Am Abend kamen zwölf kurkölnische Dragoner. Der Pfarrer protestierte feierlich gegen jede Hinwegführung, da er bereits auf Ehrenwort Gefangener des Grafen von Hadamar hier in Rennerod sei. Die rohesten unter den Soldaten wollten ihm ins Gesicht lachen, konnten aber doch nicht recht, so würdig erschien ihnen der Mann. Da er nicht gutwillig mitgehen wollte, so machten sie kurzen Prozeß, banden ihm die Hände, trugen ihn aufs Pferd, ein Dragoner schwang sich hinter ihm in den Sattel und fort ging's im scharfen Trab über den Westerwald auf Köln zu.

Des anderen Morgens wanderte Nieseners Frau in aller Frühe nach Hadamar, niedergeschlagen, aber nicht hoffnungslos. Die feste Zuversicht ihres Mannes auf die Hilfe des Grafen hatte sich auch ihr mitgeteilt. Niesener hatte sie am Nachmittag genau unterrichtet, wie sie im schlimmsten Falte, der eben eingetreten war, die Sache vor die Herrschaften bringen solle, er hatte ihr namentlich das Hervorheben aller der Punkte, die er dem Rat Sprenger geltend gemacht, aufs schärfste eingeprägt, und ihr anempfohlen, nicht sogleich zum Grafen, sondern zuerst zur Gräfin zu gehen.

Die Frau bewahrte jedes Wort, jeden Wink ihres Mannes in treuem Herzen und trat so, beklommen zwar, doch in sicherer Haltung vor die hohe Dame; denn sie wußte sich wohlgerüstet für die beste Sache.

Die Gräfin nahm den Vortrag des armen Weibes mild und gnädig entgegen, und versprach, denselben ihrem Gemahl getreulich zu wiederholen und nach Kräften zu Gunsten des unglücklichen Pfarrers zu wirken. Zugleich lud sie die Pfarrerin ein, bis zur Rückkehr ihres Mannes mit den Kindern nach Hadamar hinüberzuziehen, dann wolle sie mit ihrem Schutz und ihrer Hilfe der verwaisten Familie gerne täglich nahe sein.

Getröstet und hoffnungsmutig ging die Pfarrersfrau, rascheren Schrittes, als sie gekommen, den beschwerlichen Weg nach Rennerod zurück, entschlossen, der Anforderung der Gräfin in den nächsten Tagen zu entsprechen und sich mit ihrer kleinen Armut nach Hadamar zu wenden.

Unterdessen hatte die Gräfin ihrem Gemahl die Geschichte von dem Raub des Pfarrers Niesener in beweglichen Worten vorgetragen. Allein sie fand ihn gar nicht überrascht von der Nachricht.

»Der Pfarrer ist ein Esel,« rief er, zum großen Erstaunen der Gräfin, die ihm das Herz tief gerührt zu haben glaubte. »Eine solche starre Buchstabenauslegung des Ehrenwortes kann denn doch auch nur in dem Gehirn eines reformierten Pfaffen wachsen. Habe ich nicht selbst gestern morgen noch den Rat Sprenger im Galopp nach Rennerod gejagt, daß er dem Pfarrer begreiflich mache, er möge nach Hadamar kommen, weil ich wußte, die Kölnischen würden ihn heute nacht aufheben?«

»Und hat der Rat in *deinem* Namen diese Aufforderung dem Pfarrer überbracht?«

»Nein, behüte Gott! Nur so von ungefähr und wie aus eigenem Antrieb sollte er den Pfarrer warnen. Gerade darauf hatte Pater Prack am entschiedensten gedrungen,« entgegnete der Graf. Doch kaum war der »Pater Prack« seinen Lippen entschlüpft, so fuhr er zusammen, als habe er sich den Mund verbrannt, und setzte hinzu:

»Es war zugleich das Ergebnis meiner reifsten Erwägungen, daß nur eine solche namenlose Warnung, eine Mahnung ohne Unterschrift, nach Rennerod gehen dürfe, wenn ich selber mich nicht den schlimmsten persönlichen Mißdeutungen aussetzen wollte.«

»Und wenn nun der Pfarrer auf die Mahnung ohne Unterschrift nach Hadamar gekommen wäre, hätte dann nicht Pater Prack vielleicht weiter geraten, ihn wegen Wortbruchs zur Verantwortung zu ziehen?«

Der Graf fuhr zornig auf. »Diese Frage, Ursula, hätte ich nicht von dir erwartet. Ich taste dir deinen Hofprediger nicht an, laß du mir auch meinen Jesuiten ungeschoren.«

Die Gräfin erschrak über ihre eigene Unvorsichtigkeit, biß die Lippen zusammen und schwieg. Jede weitere Rede vom Pfarrer Niesener war für heute abgeschnitten.

Doch am anderen Morgen wußte die Unermüdliche auch dieses mißliebige Thema ohne Zwang und ganz wie von ungefähr wieder in Anregung zu bringen. Sie besaß in hohem Grade jene nicht zu erlernende natürliche Glücksgabe geistreicher Frauen, das Gespräch zu lenken, ohne daß jemand die leitende Hand sah.

Der Graf hatte sich jetzt eine sehr entschiedene Meinung über die Sache des Pfarrers gebildet. Ohne Zweifel hatte er inzwischen mit den Jesuiten Rats darüber gepflogen. Im ganzen Land, sagte er, stehe der Glaube fest, Niesener sei der Mann, der die Priester an die Holländer verraten. Auch in Köln sei man dieser Ansicht und werde dort wohl ganz bestimmte Gründe dafür haben. Lediglich deshalb habe der Kurfürst den Pfarrer aufheben lassen. Wenn Niesener schuldlos, dann werde er sich in Köln reinigen, und alles sei abgemacht. Diese Wegführung sei also gar nichts anderes, als daß der Kurfürst von Köln die nachbarliche Freundschaft gehabt, ihm eine lästige Untersuchung vom Halse zu nehmen. Man müsse nun die Sache ihren Gang gehen lassen und Gott danken, daß jetzt in Köln entschieden werde, was man sonst in Hadamar hätte entscheiden müssen.

Die Gräfin war nicht wenig erstaunt über diese Rede. »Bist du denn ein Unterthan des Kurfürsten von Köln geworden,« rief sie, »oder ist er dein Gerichtsherr, daß er vor seinen Richterstuhl zieht, was vor den deinigen gehört? Bei Gott! als selbständiger deutscher Reichsfürst würde ich's nicht dulden, daß ein anderer den schlechtesten Strauchdieb aufhinge, der mir gehört und den ich allein aufzuhängen befugt bin. Wie willst du in einem so wichtigen Fall aus bloßer Bequemlichkeit deine köstlichsten Fürstenrechte vergeben? Steht die Sache, wie du sagst, dann fordert deine Fürstenehre, daß du auf augenblickliche Zurückführung des Pfarrers dringst. Er war dein Gefangener. Auf den Schutz bauend, den jeder Eingekerkerte von seinem Kerkermeister fordern muß, blieb er in Rennerod. Um das Wort, das er dir gegeben, nicht zu brechen, hielt er aus, obgleich er die Gefahr kannte; er vertraute auf die Ehre und die Macht seines Grafen und Herrn. Zwiefach gefährdet ist deine Fürstenehre, wenn du ihn dem Kölner überlassest. War er gewissenhaft gegen dich bis zum äußersten, so soll der Fürst nicht zurückstehen an Gewissenhaftigkeit gegen den Unterthan!«

Der Graf ging unruhig auf und ab. »Dieser Niesener schafft mir Verdruß, wo ich nur mit ihm in Berührung komme. Zum erstenmal in meinem Leben war ich gestern gerührt über des Mannes Unglück. Ich will mein Bestes thun, ihm einmal eine Gnade erweisen, ich lasse ihn warnen, herüberrufen – Sprenger hat mir meinen Hengst beinahe zu Schanden geritten – und nun gerade ist der Kerl ein Narr, bleibt stecken in seiner Zwinglischen Moral, stürzt sich ins Elend und mich in neuen Verdruß!«

Da sagte die Gräfin sehr ernst: »Es ist nicht bloß *deine* Ehre, die hier befleckt wird, sondern auch die meinige. Ich habe dir geraten zu dieser freien Haft in Rennerod, weil ich Niesener sittliche Strenge kannte. Eben diese seine Strenge hat uns Pflichten aufgeladen, die wir gegen ihn erfüllen müssen, wie er die seinigen gegen uns erfüllt hat. Ich bin mit haftbar dabei. Bleibst du müßig, dann werde ich wenigstens meine Ehre zu retten suchen. Ich werde meinen letzten Schmuck verkaufen, um Lösegeld für Niesener zu gewinnen. Bei Gott, ich werde ihn loskaufen, so wahr ich Gräfin von Hadamar bin, so wahr ich in Ehre und Treue hinter keinem Manne zurückstehe!«

»Mache mir nicht zu warm,« rief der Graf, »oder du verdirbst alles. Ich will einen Pakt mit dir schließen. Den Pfarrer darfst du nie und nimmer loskaufen: das ist eine Privateinmischung in Staatsangelegenheiten, die ich auch von meiner Frau nicht dulde. Also, höre den Pakt! Ist Niesener unschuldig, kannst du mir seine Unschuld erweisen und vor allem den wahren Verräter ausfinden, dann werde ich den Pfarrer von den Kölnischen zurückfordern – ohne Lösegeld – und sollte ich selbst darum den Fuß in den Steigbügel setzen. So weit gehe ich und keinen Schritt weiter. Hier meine Hand darauf! Und nun genug von dem Pfarrer. Der Teufelskerl macht mir mehr zu schaffen, als meine übrigen Unterthanen alle miteinander.«

Viertes Kapitel.

Das Morgenrot ging in tiefem Purpur auf über den flachen Bergen des Elbgrundes. Die Gräfin saß im Erker und schaute in die rote Glut und wie im Traum rannen ihr die Farbentöne des unheimlich grell leuchtenden Himmels zu allerlei abenteuerlichen Bildern zusammen, daß sie sich die Augen rieb und sich fast schämte, kaum erst erwacht, schon wieder zu träumen. Das Sinnenspiel des Traumes verwandelte sich ihr dann in mystisches Spinnen und Weben, in ein träumendes Grübeln über die Dinge jener Welt, und oftmals blickte sie in den immer goldener glänzenden Lichtschein und sprach dabei vor sich hin Verse von dem himmlischen Morgenrot und dem Sonnenaufgang über dem neuen Jerusalem, wie sie aus den mystischen Dichtern des ersten Jahrhunderts der protestantischen Kirche in Fülle ihr in den Sinn kamen. Schwachen Leibes, aber um so erregter im Gemüte – denn sie hoffte binnen kurzem wieder Mutter zu werden – ergab sie sich neuerdings immer häufiger solch dämmerigem Dichten und Klingen der religiösen Phantasie.

Ein heftiger innerer Kampf erwuchs ihr heute aus ihrem beschaulichen Sinnen. Sie fragte sich, ob denn nicht auch jetzt noch, wie in alten heiligen Zeiten, Gott mit unmittelbarer Eingebung den brünstig Betenden begnade, wenn er so tief und fest in das göttliche Wesen zu schauen versuche, wie sie eben in das schon fast blendende Morgenrot, das ihr ein Sinnbild des göttlichen Lichtes war? Sie spann die Frage weiter und verband dieselbe mit den Gedanken, von denen sie seit gestern, da der Graf den Pakt wegen Niesseners mit ihr geschlossen, unablässig verfolgt war. Sollte Gott nicht hier, wo alle Menschenweisheit zu Schanden zu werden drohte, unmittelbar ein Zeichen geben, daß die Unschuld des Verfolgten an den Tag käme? Und wenn sie selber das schwache Werkzeug wäre, das Gott sich zu diesem Gnadenwerk erlesen?

Die ersten Strahlen, der oberste schmale, lichtsprühende Rand der Sonne, blitzten über den Bergen auf, als die Gräfin eben am tiefsten in diesen Gedanken versunken war. Und es ward Licht! Von den Bergen ergoß sich der goldene Strom ins Thal, und auch in dem Geiste der Gräfin ging die Sonne auf. Es däuchte ihr plötzlich ein Frevel, daß sie sich ganz besonders würdig gehalten eines unmittelbaren Verkehrs mit Gott, ein Frevel, daß sie da schon die letzte Hilfe eines göttlichen Zeichens fordere, wo der Eifer und Scharfsinn menschlichen Forschens noch lange nicht erschöpft war.

Sie blickte hinab auf das rauschende Flüßchen, auf die friedlichen, immer noch leidlich wohl erhaltenen Häuser der Stadt, aus deren Schornsteinen eben der erste Rauch in die reine Luft aufwirbelte, sie gedachte des Segens, den Gott ihrem und ihres Gemahls frommem und klugem Walten geschenkt, daß sie die Stadt und die Grafschaft bis dahin in so erträglichem Zustande hatten erhalten können, während der Krieg schon alle anderen Herrschaften ringsum in Grund und Boden hinein verwüstet hatte; da fand ihr Geist auch vollends den scharfen Blick für die Dinge dieser Welt wieder. Und was ihr vorhin durch unmittelbare göttliche Eingebung nicht gekommen war, das fuhr ihr jetzt bei kurzem, klarem Besinnen mit einem Schlage wie ein Blitz in die Seele. Sie jubelte auf im stillen. Sie hatte einen Haltepunkt gefunden, wo sie sicherlich erfolgreiche Forschungen über den Verräter der katholischen Priester anknüpfen konnte.

Kaum konnte die Gräfin die späteren Morgenstunden erwarten, um sogleich ihre Untersuchung zu beginnen.

Sie ließ den Rat Sprenger rufen.

Der alte Diplomat, der gerade nicht sonderlich in Gunsten bei seiner Herrin stand, war etwas betroffen von dieser Citation zu so ungewöhnlicher Stunde. Indessen wußte er die scharfen Falten seines spitzen Fuchsgesichtes doch so glatt und freundlich zu machen, daß ihm kein Mensch die innere Beklommenheit angemerkt hätte.

Die Gräfin hieß ihn niedersitzen; denn sie wollte viel und gründlich mit ihm reden.

Sie begann, dem Rat ganz einfach und ehrlich die gegenwärtige Lage der Niesenerschen Angelegenheit darzulegen. Sprenger wußte bereits alles, was sie ihm sagte; allein die Klarheit und Ordnung, in welcher der wunderbar helle Geist dieser Frau die Thatsachen übersichtlich zusammenfaßte, verglich und in ihren Motiven verknüpfte, machte doch einen sichtlichen Eindruck auf den zähen Graukopf.

Jetzt, wo diese Begebenheiten, die er bisher nur vereinzelt kritisiert, in ihrem inneren Zusammenhang vor ihm aufwuchsen, trat ihm auch die sittliche Würde Nieseners so imponierend entgegen, daß es ihn inwendig schüttelte, daß es ihm ward, als müsse er sich vor dem Pfarrer beugen. Als die Gräfin mit ihrem Rückblick auf die Thatsachen zu Ende gekommen, heftete sie plötzlich ihr großes schwarzes Auge durchdringend auf den Rat. »So stehen die Sachen. Ich kenne nur einen Menschen, der noch mehr davon weiß, der namentlich über die Wegführung der Priester genauer unterrichtet ist, und dieser einzige seid *Ihr!*«

Dies sprach sie mit einer Bestimmtheit, daß der Angeredete zusammenfuhr und vor ihrem durchdringenden Blicke die Augen niederschlug, als habe er in die Sonne gesehen. »Ich bin ein Mann der Schreibstube,« sagte er ausweichend. »Mein gnädigster Herr betraut mich mit seinen Geheimnissen und ich bewahre sie; eigene Geheimnisse habe ich keine. Ich komme wohl viel im Lande umher, aber jedermann verschließt sich vor dem gräflichen Diener –«

Die Gräfin unterbrach ihn mit fast drohender Strenge. »Sprenger, in diesem Tone reden wir nicht miteinander. Ihr wißt näheres über die Wegführung der Priester. Ich weiß es. Ihr selbst habt Euch verraten, als der Graf bei Tafel die erste Nachricht empfing. Kaum hörtet Ihr zu, als er die Thatsache erzählte. Denn Ihr wußtet sie schon, Ihr wußtet mehr, als in dem Briefe stand. Wie hätte sonst unser Rat Sprenger die Ohren gespitzt bei einer solchen Neuigkeit! Ihr wußtet um den Vorgang und habt Euerem Herrn keine Meldung gemacht. Ihr habt Euch damals übel mit einem Witze herausgeholfen. Warum behieltet Ihr ein Geheimnis, was zuerst mitzuteilen Euch Gunst gewonnen hätte? Ich sage ein schweres Wort, Sprenger, aber ich sage es nach redlicher Prüfung vor Gott aus voller Ueberzeugung: Ihr schwiegt, weil Ihr selber mit verstrickt seid in diese Geschichte! Ihr habt ja überall die Hand im Spiel, warum nicht auch hier? Blickt mich an! Schaut mir offen ins Auge! Seht! Ihr seid ein so gewürfelter Diplomat und könnt es nicht! Es soll Euch kein Leids geschehen, bei meinem fürstlichen Wort! Bekennt offen, damit die Unschuld nicht länger verfolgt werde, damit meine Seele Ruhe gewinne und – Sprenger – auch die Eure.«

Der Rat erwiderte gefaßt, kaum merklich erregter als sonst: »Ich habe nichts zu bekennen. Spannt mich auf die Folter: ich kann kein Wort weiter berichten, als was Ihr selber schon erzählt habt.«

»Ihr bekennt jetzt nicht zum erstenmal, Sprenger, Ihr habt schon bekannt, Ihr habt Euch schon verraten!« rief die Gräfin und die schwache Stimme der kranken Frau war furchtbar anzuhören, wie des gewaltigsten Richters. »Habt Ihr Euch damals nicht schon als einen Wissenden verraten, da Ihr, aus Eurer Achtlosigkeit erweckt, von dem Raub des Jesuiten Holthausen Kunde gabt, die niemand wußte, die niemand erfragt hatte? Seht, damals hat Euch der Teufel einen Strick gelegt, und trotz all Eurer Schlauheit *habt* Ihr damals bekannt, was, wie Ihr jetzt sagt, Euch selbst die Folter nicht herauspressen soll.«

Ruhig erwiderte Sprenger: »Meine hohe Herrschaft kann meinen Kopf fordern und ich muß ihn hingeben; aber keine Silbe einer Antwort werdet Ihr mir abzwingen mit einer solchen Inquisition.«

Die Gräfin schwieg. Sie fühlte, daß es auf diesem Wege nicht gehe. Mit tiefem innerem Widerwillen schlug sie andere Saiten an. Denn wie sie eben gesprochen, das war der Ton, wie er ihr jetzt so recht von Herzen ging. Sie bezwang sich um der Sache willen.

»Ihr seid ein alter Freund Nieseners?« fragte sie ruhiger und milder.

»Wir waren Schulgenossen und haben durchs ganze Leben zusammengehalten.«

»Und erkennt Ihr es nicht als eine Pflicht der Freundschaft, mit mir gemeine Sache zu machen, daß ich siegreich für Euren Freund aus diesem Kampf wider seine übermächtigen Gegner hervorgehe?«

»Nein! gnädigste Gräfin. Ich habe für ihn gethan, was Freundespflicht war. Ich habe ihn gewarnt. Nun der phantastische Moralist aus reiner Grille seinen Kopf freiwillig in die Schlinge gesteckt, halte ich mich nicht verpflichtet, aus reiner Freundschaft den meinigen auch noch dazu zu stecken.«

Die Gräfin überlief es kalt. Es dauerte eine Weile, bis sie das Gespräch fortsetzen konnte.

»Irre ich nicht, Sprenger, so seid Ihr Protestant?«

»Das ist eine kitzlige Frage. Kein Mensch als Ihr, gestrenge Herrin, würde eine runde und klare Antwort darauf aus mir herausbringen. Es sind wunderliche Zeiten. Die beiden Religionen mengen sich im Lande noch immer stark durcheinander. Nichts als Kraut und Rüben, trotz des katholischen Eifers unseres gnädigsten Herrn. Da mache ich nun das Ding mit, so lange es geht. Meine Religion hat sich auch noch nicht recht abgeklärt, gerade wie die des hadamarischen Landes. Verbreitete ich nicht einen starken katholischen Geruch um mich, so hätten mich ja die Patres Jesuiten längst aus dem Kabinett Seiner gräflichen Gnaden hinausgebissen. Aber um nun auch eine runde und klare Antwort zu geben, Euch – und Euch allein: – eigentlich bin ich ein Reformierter. Noch nie habe ich eine Messe besucht. Und vermutlich werde ich auch für die nächste Zeit reformiert bleiben. Man hat doch auch seine Ueberzeugungen und so eine gewisse Anhänglichkeit an den ererbten Glauben, wie an einen alten Sessel, einen alten Tisch aus dem väterlichen Hause. Das Gewohnte ist immer das Bequemste, namentlich für ältere Leute.«

Die Gräfin hatte den Rat um seine Religion befragt, weil sie voraussetzte, daß er Protestant sei, und ihn beschwören wollte, um des bedrängten Glaubens willen den Glaubensgenossen wenigstens retten zu helfen, wenn er den Freund nicht retten wolle. Allein als sie jenes wunderliche Bekenntnis vernommen, wandte sie sich voll Abscheu hinweg. Nach ihrer strengen Auffassung hätte eine solche Lästerung den Tod verdient, so gut wie Raub und Mord, und sie wußte nicht, was schrecklicher sei, solche Glaubenslosigkeit selber oder der leichtfertig spöttische Ton, in welchem der Rat sein Bekenntnis abgelegt hatte. Diese Vortragsweise, die oft zur übermütigsten Satire ausartete, war ihm aber ganz zur anderen Natur geworden; denn durch den leichten Spott, den er über alles ausgoß, hatte Sprenger zuerst des Grafen Gunst gewonnen, der vor allen Dingen heiter angeregt sein wollte. Er durfte sich zuletzt auch das Keckste herausnehmen, wenn es nur witzig war und etwas zu lachen gab. Bloß in Sachen der Religion mußte er seinem Spott und Witz den festesten Zaum anlegen. Hier verstand der Graf keinen Spaß, namentlich seit der Bekehrungseifer über ihn gekommen. Darum erschrak der Rat doch ein wenig, als er seine Rede beendet und den üblen Eindruck auf die noch viel strengere Gräfin wahrnahm. Allein die Worte waren einmal heraus, kein Mensch konnte sie wieder einfangen, und Sprenger beruhigte sich nach seiner Weise sehr rasch.

Nicht so die Gräfin. Sie konnte das Gespräch nicht weiterführen. Doch trieb sie's, noch ein ernstes Wort dem verlorenen Manne zu sagen.

»Ihr habt nicht gestanden um der Wahrheit, nicht um der Gerechtigkeit willen, Ihr wollt Euerem Freunde nicht helfen um der Freundschaft willen, und wenn man bei Euerem Bekenntnis Euch auffordern wollte, dem Glaubensgenossen beizuspringen, so würde das Hohn und Frevel sein. Aber sehet Euch für! Ihr werdet in dieser Verstocktheit nicht beharren. Das Gewissen ist wie das Auge, das kleinste Stäubchen, das hineinfliegt, schmerzt und brennt wie eine große Wunde, und wir gewinnen keine Ruhe, bis die Ursache des Uebels wieder entfernt ist. Ihr werdet den großen Staub auf Euerem Gewissen bald fühlen, Sprenger, ja Ihr fühlt ihn vielleicht jetzt schon. Kommt wieder zu mir, wenn Ihr ihn empfindet; obgleich wir jetzt in Groll und Bitterkeit scheiden, will ich Euch doch in Liebe wieder aufnehmen.«

Dem Rat zuckte es seltsam um die Lippen. »Ihr seid eine Frau ohnegleichen!« rief er – und es war, als ob nun ein ganz anderer spreche. – »Ich kann Euch heute nichts Weiteres sagen, und wenn Ihr noch so gewaltig an meinem Gewissen pocht. Aber Ihr sollt alles erfahren, wenn die Zeit gekommen ist – in den nächsten Tagen schon. Ich habe schon manchem Widerstand geleistet, der sich dessen nicht versah; Ihr aber biegt und hämmert auch den härtesten Gesellen weich, wie der Schmied das feurige Eisen.«

»Morgen sehen wir uns wieder!« rief die Gräfin.

Der Rat verbeugte sich schweigend und ging.

Der nächste Morgen kam. Der Rat ward ängstlich im Gemache der Gräfin erwartet; er kam nicht. Man sandte nach ihm; er war nirgends zu finden. Der Graf vermißte seinen vertrauten Diener bei der Tafel. Man geriet in Unruhe; man ließ nach Sprenger suchen. Alles blieb erfolglos. Die nächsten Tage vergingen. Der gräfliche Rat war spurlos verschwunden. Auf seinem Zimmer fand man alles wohlgeordnet wie gewöhnlich. Er war in früher Morgenstunde ausgeritten in den Wald gegen die westliche Grenze der Grafschaft. Seitdem hatte ihn niemand wiedergesehen. Die schlimmsten Gerüchte kreuzten sich. Der alte Mann sollte da und dort verunglückt sein, erschlagen; am wahrscheinlichsten war es noch, daß er gleich den Priestern weggeführt worden war von einem holländischen Streifcorps.

Den größten Schrecken erregte Sprengers Verschwinden bei der Gräfin; sie harrte auf jede Kunde über den Verkommenen, wie wenn er ihr Sohn gewesen wäre. Sprenger war der einzige, der neues Licht in die Niesenersche Angelegenheit bringen konnte; er war mürbe geworden, er hatte es zugesagt – nun war mit einemmal jede Spur von ihm verloren und damit auch für die Gräfin jede Hoffnung, daß sie von ihrem Gemahl die Zurückforderung des geraubten Pfarrers jemals zu Recht begehren könne.

Nach fünf in bangem Warten verschwundenen Tagen begann die Gräfin in tiefe Betrübnis zu versinken; nur religiöser Trost vermochte sie noch aufzurichten.

Da brachte ein reitender Bote aus Hachenburg einen Brief an Gräfin Ursula von Nassau-Hadamar.

Er lautete wie folgt:

»Eure hochgräflichen Gnaden habe ich, da Sie am letzten Mittwoch so heftig in mich drangen, Aufschlüsse versprochen über die Sache des Pfarrer Niesener. Hier gebe ich sie. Der Pfarrer ist ganz unschuldig. Er lebte in seinen Büchern und wußte nichts von dem Versteck und den Verkappungen der katholischen Priester, wie er überhaupt von der Welt nichts weiß. Ich allein im ganzen Lande kannte den Plan, der zum Schutze der Priester entworfen war, im einzelnen so genau wie im ganzen. Denn ich allein habe den Plan gemacht und Seine hochgräflichen Gnaden, meinen Herrn ausgenommen, war er vor keines anderen Menschen Auge gekommen. Einzelne vertraute Männer wußten wohl, wo und wie einzelne Priester versteckt waren, von allen wußte ich es allein. So bin ich es denn auch gewesen, der die Pfaffen den Holländern verraten hat. Die Bekehrungsseuche, die statt der Pest, der spanischen Schwachheit und anderer Krankheiten, womit wir in vorigen Jahren heimgesucht waren, jetzt über das Land hereingebrochen ist, ärgerte mich, und zwar um so mehr, als ich als Protestant bei Hof die katholische

Maskerade spielen mußte. Um meinem Aerger Luft zu machen, zeigte ich den Holländern das Versteck der Priester an, damit es auch bei uns einmal eine recht lustige Pfaffenhetze gebe, gleichsam ein ganz kunstreich eingestelltes Jagen auf dieses Schwarzwild, so jagdgerecht, wie man's noch nirgends erlebt. Es gelang bewundernswürdig. Dies ist die Wahrheit; ich schwöre es Euch.

»Ich sage Euch, gnädigste Frau Gräfin, wie meinem gnädigsten Herrn Grafen, meinen unterthänigsten Dank für die vielen Gnaden, die ich an Dero Hofe genossen. Nach meinen Kräften bin ich doch wohl eifrig in meinem Dienste und meiner Herrschaft treu ergeben gewesen, wenn ich auch manchmal den Schalksnarren spielte, und meinen Humor, den der Herr Graf im Wort so sehr liebte, hinter seinem Rücken auch mitunter in die That übersetzte. Ich wäre gewiß noch lange in Hadamar geblieben. Aber wie Ihr mir am Mittwoch so schonungslos den Spiegel vorhieltet, wie Ihr mir so mächtig ins Gewissen hineinredetet, da ergriff mich's, daß ich's für eine Schande hielt, länger als ein zwiegefärbter Mann an Euerem Hofe mein Spiel zu treiben. Und daß ich den Streich mit den Pfaffen eingestehe, auch dies allein habt Ihr zuwege gebracht. Gäb' es einen Pfarrer, der einem das Herz umwenden könnte mit einer langen Predigt, wie Ihr mit drei Worten, ich ginge wahrhaftig jeden Sonntag in die Kirche. So wie ich aber gestand, war natürlich meines Bleibens in Hadamar nicht mehr. Ich beschlief die Sache noch einmal, doch Euere Worte dröhnten mir immer mächtiger in den Ohren, und so ritt ich des anderen Morgens auf und davon. Ich bin hier auf sicherem Boden. Mehrere protestantische Fürsten haben mir Dienste angeboten.

»Meinen Dank für Euere Huld und Gnade, Gottes Lohn für Euere Vermahnungen, und Gottes Segen auf das ganze gräfliche Haus von Nassau-Hadamar.

Ew. hochgräflichen Gnaden

unterthänigster Diener
M. Christoph Sprenger,
weiland gräfl. nass. Rat.«

Eine nähere Untersuchung bestätigte die Wahrheit von Sprengers Geständnis. Der Graf war so großmütig, oder so politisch, seinen ehemaligen Rat, der seit Jahr und Tag um alle seine Geheimnisse wußte, nicht weiter zu verfolgen. Ja, er schickte ihm seinen in Hadamar zurückgelassenen Hausrat mit freier Fuhre nach Hachenburg hinüber, um den Rat Sprenger vollständig, wie er sagte, mit Sack und Pack los zu sein.

Vierzehn Tage, nachdem Sprengers Brief in Hadamar eingelaufen war, erhielt Niesener in Köln von seinem Kerkermeister die Freiheit angekündigt. Johann Ludwig hielt Wort. Der Kurfürst war anfangs zäh wie Sohlenleder und that, wie wenn er statt des Pfarrers von Rennerod den höchsten protestantischen Reichsfürsten ausliefern solle. Aber der Hadamarer donnerte so gewaltig, daß der Kurfürst voll Aerger und Verwunderung nachgab. Der Graf fühlte sich nämlich um so freier in der Sache, als er eben ein förmliches Jesuitenkollegium in Hadamar anzulegen begann, und bei einem so glänzenden Beweis seines katholischen Eifers einem Kurfürsten von Köln schon auch einmal wegen eines einzelnen reformierten Pfaffen auftrumpfen konnte.

Niesener eilte sofort zurück in die Heimat, zu Fuß, ohne Bedeckung, Gottes Schutz vertrauend. Das war ein großes Wagestück in jenen Tagen; aber es ließ dem Pfarrer nicht Ruhe, Tage oder Wochen auf eine sichere Gelegenheit zu warten. Nur sein geistliches Gewand hatte er mit dem Rocke eines Kölner Bürgers vertauscht, sonst wäre er schwerlich eine Meile weit gekommen. Wo ihn im Dickicht oder bei sinkender Nacht die Furcht überfiel, da sprach er vor sich die Worte des Psalms: »Ob ich schon wandere im finstern Thal, fürcht' ich keinen Unfall; denn der Herr ist bei mir,« – und ward wieder stark und mutig.

So kam er am Abend des dritten Tages nach Hadamar. Mit dem Staub des Weges auf seinen Schuhen, eilte er, ungesehen, niemand begrüßend, in das Schloß, um der Gräfin, die ihm allein die Freiheit gewonnen haben konnte, seinen Dank darzubringen und Gottes Segen zu verheißen.

Als er die Treppe zu den Gemächern der Gräfin hinaufstieg, war er erstaunt, einen Hellebardierer vor ihrer Thüre aufgestellt zu finden. Er rief der Wache zu, die gleichfalls verwundert auf den staubbedeckten Wanderer schaute, daß er zur gnädigen Frau Gräfin geführt zu werden wünsche, und als ihn die Wache noch immer erstaunt und fragend ansah, statt zu antworten, fügte er mit erhobener Stimme bei, er sei der Pfarrer Niesener von Rennerod, man werde ihm gewiß eine Audienz von wenigen Augenblicken nicht versagen.

Da öffnete sich eine Seitenthüre, der Graf Johann Ludwig trat heraus, faßte den Pfarrer bei der Hand, die er, der stolze Graf, in schweigender Erwiderung auf Nieseners Begrüßung wie die Hand eines Freundes drückte, und führte ihn selber in das Zimmer der Gräfin.

Kerzen flammten in dem dunklen, schwarz ausgeschlagenen Gemach, Blumen hauchten einen betäubenden Duft, ein Sarg stand in der Mitte des Zimmers, und um den Sarg kniete betend der Gräfin Hausgesinde und ihr Hofprediger einträchtig neben den Jesuiten des Grafen. Im Sarge lag der entseelte Leib der Gräfin Ursula, die hohen, adeligen Züge unentstellt, nur friedlicher und versöhnter als im Leben.

Niesener brach bei diesem Anblick in Thränen aus, und der Graf weinte mit ihm und stützte sich auf den Arm dessen, den er bis dahin seinen Todfeind genannt, als seien sie ihr Leben lang Todfreunde gewesen.

Als beide sich gesammelt hatten, kniete der Pfarrer nieder an dem Sarge und betete lange im stillen, dann sprach er vernehmlich die Worte: »Selig sind die Toten, die in dem Herrn sterben, sie ruhen aus von ihrer Arbeit, und ihre Werke folgen ihnen nach.« Auch die Jesuiten sprachen »Amen!«

Niesener erhob sich, verneigte sich gegen den Grafen und entfernte sich schweigend.

Eine verfrühte Niederkunft hatte der Gräfin den jähen Tod gebracht. Noch kurz vor ihrem Ende hatte sie, ihres Versprechens gegen Niesener eingedenk, denselben ihrem Vater zu einer Pfarrei im Lippeschen empfohlen. Der vielgeprüfte Mann fand in der That dort Ruhe für den Rest seines Lebens.

Als der Zustand der edlen Frau hoffnungslos zu werden begann, begehrte sie die Tröstungen ihres Predigers. Aber statt dessen schickte man ihr drei Jesuiten, die an dem schmerzhaften Sterbelager ihre ganze Beredsamkeit, die vereinte Kunst ihrer Dialektik und

Sophistik aufboten, um diese Seele wenigstens noch in der letzten Stunde der katholischen Kirche zuzuführen. Groß im stillen Dulden ertrug auch Gräfin Ursula die Geistesmarter der dreifachen Bekehrungsversuche neben den körperlichen Leiden. Während die Patres demonstrierten, betete sie leise für sich in den Formen ihres Glaubens, der ihr von Gott zur Stütze ihres ganzen Lebens geschenkt worden war. Das Kind, welches sie gebar, ward, obgleich es nicht eine Stunde gelebt, und obgleich eine Prinzessin, doch von den Jesuiten geschwind nach katholischem Ritus getauft, und so wenigstens diese eine Seele gerettet. Die Mutter aber starb, wie sie gelebt, getreu ihrem Wahlspruch:

»Im Glauben fest.«

Über tredition

Eigenes Buch veröffentlichen

tredition wurde 2006 in Hamburg gegründet und hat seither mehrere tausend Buchtitel veröffentlicht. Autoren veröffentlichen in wenigen leichten Schritten gedruckte Bücher, e-Books und audio-Books. tredition hat das Ziel, die beste und fairste Veröffentlichungsmöglichkeit für Autoren zu bieten.

tredition wurde mit der Erkenntnis gegründet, dass nur etwa jedes 200. bei Verlagen eingereichte Manuskript veröffentlicht wird. Dabei hat jedes Buch seinen Markt, also seine Leser. tredition sorgt dafür, dass für jedes Buch die Leserschaft auch erreicht wird.

Im einzigartigen Literatur-Netzwerk von tredition bieten zahlreiche Literatur-Partner (das sind Lektoren, Übersetzer, Hörbuchsprecher und Illustratoren) ihre Dienstleistung an, um Manuskripte zu verbessern oder die Vielfalt zu erhöhen. Autoren vereinbaren direkt mit den Literatur-Partnern die Konditionen ihrer Zusammenarbeit und partizipieren gemeinsam am Erfolg des Buches.

Das gesamte Verlagsprogramm von tredition ist bei allen stationären Buchhandlungen und Online-Buchhändlern wie z. B. Amazon erhältlich. e-Books stehen bei den führenden Online-Portalen (z. B. iBookstore von Apple oder Kindle von Amazon) zum Verkauf.

Einfach leicht ein Buch veröffentlichen: **www.tredition.de**

Eigene Buchreihe oder eigenen Verlag gründen

Seit 2009 bietet tredition sein Verlagskonzept auch als sogenanntes "White-Label" an. Das bedeutet, dass andere Unternehmen, Institutionen und Personen risikofrei und unkompliziert selbst zum Herausgeber von Büchern und Buchreihen unter eigener Marke werden können. tredition übernimmt dabei das komplette Herstellungs- und Distributionsrisiko.

Zahlreiche Zeitschriften-, Zeitungs- und Buchverlage, Universitäten, Forschungseinrichtungen u.v.m. nutzen diese Dienstleistung von tredition, um unter eigener Marke ohne Risiko Bücher zu verlegen.

Alle Informationen im Internet: **www.tredition.de/fuer-verlage**

tredition wurde mit mehreren Innovationspreisen ausgezeichnet, u. a. mit dem Webfuture Award und dem Innovationspreis der Buch Digitale.

tredition ist Mitglied im Börsenverein des Deutschen Buchhandels.

Dieses Werk elektronisch lesen

Dieses Werk ist Teil der Gutenberg-DE Edition DVD. Diese enthält das komplette Archiv des Projekt Gutenberg-DE. Die DVD ist im Internet erhältlich auf **http://gutenbergshop.abc.de**

Zeitfracht Medien GmbH
Ferdinand-Jühlke-Straße 7
99095 Erfurt, Deutschland
produktsicherheit@kolibri360.de